ラルーナ文庫

JN105157

# 異世界転生して幸せのパン焼きました

淡路 水

三交社

# CONTENTS

Illustration

タカツキノボル

# 異世界転生して
# 幸せのパン焼きました

本作品はフィクションです。
実際の人物・団体・事件などにはいっさい関係ありません。

# I

男たちの下卑た不愉快な高笑いが耳に届いた。

「――――っ！」

気がついて、瞑《つむ》っていた目を開けると、恐《こわ》い顔をした外国人の男たちに取り囲まれ襲われている。

助けて、と声を上げようとしたが、恐怖のあまり声が出ない。身体《からだ》を震わせ、奥歯をカタカタと鳴らしながら、それでもどうにか逃げ道を探そうとあたりを見回した。

（え……）

目を見開いて、そのまま瞬《まばた》きもできずにいた。というのも、目に飛び込んできたのは一面の緑。そこは見渡す限り、地平線の果てまで続く大草原だった。そしてそのど真ん中で凶悪な面相の男たちに身体を拘束され、身動きが取れないでいる。男は三人。どの男も鋭い刃のナイフを手にしたり、鞭《むち》を持ったりしていた。身じろぎをしようにも、少し身体を動かしただけで頬《ほお》を張られ、身体をギリギリと締め上げられる。

痛い、痛い。

ぼろぼろと涙をこぼすが、そんなものを流したところで、彼らが自分の身体の傍《そば》から去っていかないこともなんとなくわかる。

（どうして……）

高鳥詩倫《たかとりしりん》には自分がなぜこんな状況に陥っているのか、まったくわからなかった。

なぜなら、自分が覚えているのは——。

確か……突然車に撥《は》ねられたことだけ。

詩倫の仕事はベーカリーのパン職人で、その日は朝から風邪《かぜ》気味だった。本当は無理をせず休めばよかったのだろうけれど、期間限定の地元のマルシェに出店するためにいつもより多くパンを焼かなければならず、熱はなかったから朝から晩まで必死になって働いた。

その帰り道、たぶんそのときには熱があったのかもしれない。

風邪と疲労でふらふらしていたのは否定しないが、信号が変わって横断歩道を歩いていたところ、暴走したトラックがやってきて——避《よ》けきれなかった。

（覚えているのは……周りの悲鳴と……ものすごい衝撃と……ああ、そうだ。空を飛んだのかなって思ったんだっけ）

トラックに身体ごと吹っ飛ばされて……それから後の記憶はない。あれだけ派手に吹っ飛ばされたら確実に死んだんじゃないかな、とそう思ったのに。

そして今、なぜか目覚めたのだが、死んでいないことよりも、いかにも悪人面した外国人に囲まれて、身体を拘束され、髪を引っ摑《つか》まれていることに驚いている。

おまけに意識は夜の駅前の交差点で途切れたはずなのに、今自分がいるのは太陽が頭のてっぺんにある大草原のど真ん中。

夢なのかと思ったが、身体がこれほど痛いのなら夢ではないのだろう。あまりにリアルすぎる感覚だ。

よくわからないけれど、いずれにしても死ぬ運命にあるのは間違いないらしい。

だってどう考えても、この状況はごろつきに襲われて命を落とすパターン。詩倫には持っているものはなにもないのだから、あとは身体しか残っていない。

それにしてもなぜ外国人に囲まれているのか、そして語学は苦手なのに、彼らの喋《しゃべ》っていることがしっかりと理解できているのも不思議だった。

「おい、見ろよ。こいつは高値で売れる。珍しいもんを拾った」

顔を上げられ、じろじろと不躾《ぶしつけ》に見つめてくる。顔を逸《そ》らそうとすると髪をぐい、と引かれ、正面を向かされた。

「目の色を確認してよかった。オッド・アイってことは《神の子》ってことだ。いい拾いものをした。なあ、兄弟」

「ああ。まさか《神の子》がこんなところに倒れてるとはな。まあ、神の子じゃなくてもこれだけ器量がよけりゃ、どっかの好きもんのところに持ち込めるが、やっぱり値段が違うからな。神の子なら十倍、いや、もっとふっかけられるか」

ニヤニヤと笑う男たちの会話に詩倫は身の毛がよだった。

(神の子ってなんだよ……。意味わかんない……)

唇を噛《か》みながら、どうにか気持ちを奮い立たせる。怖いけれど、まずは冷静にならなくちゃ、と自分に言い聞かせた。聞いている限り、この分ならすぐに命を奪われることはないはずだ。現在の状況はさっぱり理解できないが、今ここで殺されるということはなさそう……そう思うといくらかホッとする。

よくわからないが、自分が彼らの言う《神の子》とやららしい。

(けど、オッド・アイなんて)

正真正銘の日本人だし、オッド・アイになった覚えはない。でも、と詩倫は自分の着ているものへ視線を移した。

身に着けているものは、車に撥ねられる前に着ていたシャツとジーンズではなく、刺繍《ししゅう》がたくさん施されたゆったりした上着とゆったりしたズボンだ。コスプレでもあるまいし、このような服を買った覚えもないし、これを着て歩き回るなどということをしたことはない。

　しかも、男たちの服装を見てもそれらは異国のもので、ヨーロッパとも東南アジアとも違う……どこかの民族衣装のようなものだった。

「それにしても、緑と菫《すみれ》色のオッド・アイってのははじめて見た。珍しいな。たいていは茶とねずみ色みたいな色だろ。これならそれなりのところに持っていける。これだけの上物なかなかお目にかかれねえぞ」

「神の子って、男でも子どもが産めるっていうけど、本当なのか？　今ひとつ信じられねえんだけどよ」

「ああ、それは本当だ。俺も一度しかお目にかかったことはねえけどな、神の子ってのは男でも女でも関係なく子どもを産める上に、能力者を孕《はら》みやすいのさ。しかも美形ときたもんだ。だから神の子って言われてるわけよ」

　よくわからないが、話の流れから神の子というのは特別な存在らしい。男が子どもを産めるという言葉を素直に理解できず、詩倫は混乱する。

　オッド・アイだの、神の子だの、果ては男でも子どもを産めるなんて、とても信じられない。やはり夢なのだろうか、と思ってみるけれども夢にしてはあまりにも感覚がリアルすぎる。

それに——と、詩倫は横目であたりの景色や男たちの服装を観察する。

この景色や彼らの顔つきや服装は、詩倫が幼い頃から目にしてきた写真や本や映像の中にあったものによく似ている。

(……中央アジアっぽい。父さんや母さんのアルバムの中の写真にあった風景みたいだ。ってことは、ここはそのあたりなのか……?)

詩倫の両親は中央アジア文化圏の研究者で、そのため家の中にはその地域の資料が山とあった。小さな頃から写真や映像を目にしていた、その景色に近い気がする。目の前の男たちの服装や、今、自分が着ている服に施されている刺繍もなんとなくそれっぽい。

乾いた空気はおよそ日本とは思えなかったし、体臭なのか男たちから漂ってくる匂《にお》いも異国のもののように思える。

ふと頭の中に思い浮かんだのは、職場のバイトの子が休憩中に読んでいたライトノベル。そのタイトルに『異世界』とあった。訊《き》くと、ライトノベルではその異世界ものの話が流行《はや》っているらしい。

(トラックに撥ねられて、自分の知らない世界にいる、っていうの、その異世界ものっぽくないかな?)

そういったライトノベルでは生まれ変わって異世界に転生、というのが定番のようだが、もしかしたら自分がそんな目に遭っているのだとしたら。

それなら男たちの言葉が自分にも理解できることや、突然襲いかかられていることにも納得がいく。

（え……じゃあ、いきなりここに飛ばされたのかも……とか……？）

だがそれもにわかには信じがたい。こんなふうにあまりに現実味のない想像をしてしまうのは、自分の身に降りかかっている危険から逃避したいためかもしれない。

今すぐに命がどうこうということはなさそうだとはいえ、いずれにしてもこのままではどこかに売られてしまう。そこでどんな扱いをされるのか。例えば――。

奴隷とか……？　いかがわしいところとか……？　高く売れるということは、要するに《そういう》場所だろうか……考えたくない。やはり身の危険を感じた。

とはいえ、ここで詩倫がどうなろうと、もうこの世に自分の心配をしてくれるような家族はいない。なぜなら、詩倫は天涯孤独の身である。

両親は飛行機事故で四年前、詩倫が高校三年の夏に亡くなった。

中東〜中央アジア文化の研究者だった両親が、揃《そろ》ってフィールドワークで中央アジアへ向かった際、搭乗していた飛行機が墜落したのである。

地味なテーマの学者ゆえ、家庭はけっして裕福ではなかったけれど仲のよい家族で、笑顔が絶えなかった。特に両親は子どもの詩倫から見てもラブラブ。なんでも学生時代から付き合っていたらしく、とても仲のよい二人だったのだ。二人揃ってのフィールドワークの機会なんかそうそうないということで、詩倫は「お土産《みやげ》楽しみにしている」と笑って二人を見送った。――それが最後だった。

両親どちらにも親兄弟はおらず頼れるような親類縁者もいなかったため、両親の死後、詩倫は大学進学を諦《あきら》めて高校時代の担任の紹介でパン職人として働きはじめた。

本当は両親の影響から、大学に進学して彼らと同じように中央アジアについて学びたかったたし、いつかは両親が亡くなった土地を訪ねてみたいと思っていたのに。

(ここが父さんや母さんの大好きな場所だったら……こいつらに殺されたとしても……それでもいいかな。父さんや母さんが眠っているのと同じところなら死んでもいいや)

恋人もいなければ明るい未来が待っているとも思わない人生だ。特に取り柄もなく、地味で生真面目《きまじめ》、奥手な性格もあって恋人もいなければモテることもない。そのため自宅と仕事場を往復する面白みのない生活。生きるということにさして未練はない。

ただ……パン作りはとても好きだ。

(父さんも母さんもパンが好きだったたし)

もともとそれなりに器用なこともあるし、両親が揃ってパンが好きだったこともある。生地と向き合っていると無心になれるから――寂しいことも、悲しいことも生地を捏《こ》ねていれば忘れられた。直接礼を言われたことはなかったけれど、ときどき客の笑顔が見られることもあって、自分の作ったものが誰《だれ》かを笑顔にすることもできるとわかった。……だからパン作りという仕事は向いていたと思う。

（父さん、母さん、ごめん。せっかく素敵な名前もつけてくれたのに、パッとしない僕で）

両親に詩倫はとても愛されていた。

名前だって、それはそれは悩みに悩んでつけられたらしい。詩倫という名前はペルシア語で甘いという意味。ただ、名前の可愛《かわい》らしさに反して地味な外見、性格だったから子ども時代にはキラキラネームと揶揄《からか》われたこともあったけれど。でも、大好きな両親がつけてくれた大事な名前だったから、詩倫は自分の名前が大好きだった。

ぼんやりとしていた詩倫の意識を一気に引き戻したのは、男の一人が発した言葉だった。

「へえ。まあ、こいつみてえに女みたいな顔したヤツなら、いくらでも孕ませてえけど。妙に色気あるしな」

「おい、やめろ。こいつは商品になるんだ。手なんか出しちまったら金になんねえだろ」

「いいじゃねえか。男ならヤったところでわかんねえだろうが」

舌なめずりをするようないやらしい目つきで、男が詩倫の顔を覗《のぞ》き込んでくる。その目つきと詩倫に触れる手つきの気色悪さに嫌悪を催した。

男は詩倫の身体を撫《な》で回す。怖気《おぞけ》が走り、咄嗟《とっさ》に身を捩《よじ》る。

たった今死んでもいいと思ったくせに、身体を好き勝手に弄《いじ》り回されるのは嫌だったらしい。

(……やっぱり嫌だ。死にたくないし、売られたくもない)

「触るな……！　嫌だって言ってるじゃないか！」

身体にまとわりつく手を払いのけようとするが、それは男を煽《あお》っただけらしい。

「ハハハ！　もっと叫べ叫べ！　怯《おび》えた顔もそそられるじゃねえか。その可愛い口に俺のをブチ込んでやりたくなる。やっぱり味見してからにしようぜ」

ニヤニヤと笑いながら詩倫の顎《あご》を摑み、ぐい、と持ち上げる。生臭い息が詩倫の顔に吹きかけられ、気分が悪くなる。

「離せッ！　やめろ……っ！」

詩倫は大声を上げた。そしてじたばたとしながら男の腕に思いっきり嚙みつく。

「くそっ！　この野郎！」

詩倫は男たちから逃れようと必死に抵抗した。

「おいッ！　おとなしくさせろ！」

男の一人が言い、詩倫は羽交い締めにされる。拳《こぶし》を振りかざされ、殴られそうになったそのときだった。

馬のいななきが聞こえたかと思った瞬間、大きな影が詩倫の目の前を横切った。

「お、狼《おおかみ》だ……ッ！」

今まで詩倫を羽交い締めにしていた男が叫ぶ。そして拘束する力が緩んだ。狼がやってきたと知り、怯《ひる》んだのだろう。男は狼に足を噛みつかれたらしく、悲鳴を上げて詩倫から離れた。ずっと力を振り絞って抵抗していた詩倫は腰が抜けてしまい、立ち上がることもできずじりじりとずり這《ば》いをするだけしかできない。

男は狼と格闘していた。その隙《すき》に逃げようと、詩倫はようやく立ち上がる。が、それを阻んだのはもう一人の男だった。

「逃がすかよ」

男に腕を摑まれる。あわや、と思ったとき、ヒュン、と風を切る音が聞こえ、男の足に矢が射られた。男は絶叫を上げもんどり打っている。

「大丈夫か」

怯えている詩倫に声をかけたのは、黒い大きな馬に乗った美しい金色の髪を持った青年だった。長めの髪を革の紐《ひも》で結わえてはいるが、金糸のような髪がとても印象的だ。

詩倫はどうしていいのかわからなかった。金髪の青年はさっきまで詩倫を売り飛ばそうとしていた男たちとは違って、詩倫に手を伸ばしてくれたけれど、もしかしたらこの男たちと同じで詩倫をどこかに売り飛ばそうと考えているのかもしれない。

「ちくしょうっ！　せっかくの獲物……！　横取りすんなッ」

残っていたもう一人の男が腰に下げた長剣を抜き、金髪の青年の馬へ向けてそれを振った。だが、青年は素早く馬の鼻先を変えるように操ると、男の剣を躱《かわ》す。そうしてすぐさま彼は男へ持っていた鞭を振るった。ピシリ、と鋭い音が聞こえ、男は剣を落とす。その隙を見逃さないとばかりに青年は馬上から矢を放った。風切り音がするなり男の腿《もも》に矢が命中し、悲鳴が上がる。馬を操りながら動く的に矢を当てるということがどれだけ難しいことか。なのに、青年はこともなげに容易《たやす》く弓を引く。一人で三人を相手に軽々と打ち負かす強さ。彼の金色の髪が太陽の光に煌《きら》めいて詩倫の目を惹《ひ》きつけ、そしてその見事な戦いぶりに目を瞠《みは》った。

（なんてきれいな人なんだろう）

まるで手足のように馬を操る彼が近づいてくる。

「来い……！」

そうして馬を詩倫の傍まで寄せると彼は手を差し伸べた。

まともに青年の顔を目にする。長い金髪も美しいと思ったが、彼の顔はまるで絵画かなにかから抜け出てきたように美しい。特に宝石のようにきれいな青い目が。

詩倫は息を呑《の》みながら、彼へ向かって手を伸ばす。

ぐい、と強い力で引かれ「飛び乗れ」と声がかかる。まるで魔法にかかったかのように吸い寄せられ、その声のまま詩倫は青年の手に縋《すが》って高い馬上へとジャンプした。


「下りられるか？　手を貸すからゆっくりと下りておいで」

青年の馬はしばらく草原の中を疾走し、ようやく止まったのは、林の中の湧《わ》き水の出ている泉だった。こんなところに木々が生い茂っていることにも驚いたが、水がある場所なら不思議ではない。

「………はい」

詩倫は彼の手を借りて、なんとか馬から下りる。

慣れない馬の上ということと、馬が駆ける速さが思っていたよりも凄《すさ》まじく、また青年に抱き留められていたとはいえ足と腰への衝撃でぐったりとなっていた。

青年は詩倫をやわらかい草の上に寝かせて、泉の水を飲ませてくれた。豊富に水が湧き出ているのか、水は澄んでいてとてもきれいだった。口に水を含むと、今まで随分と口の中が渇いていたのだと気づく。

そうしていくらか詩倫が落ち着いたところで怪我《けが》はないかと青年は訊《たず》ねた。

「あ……だい……じょうぶです。少し……殴られたのと、擦り傷だけ……」

「そうか。よかった。しかし、殴られたなら後で腫《は》れてくるかもしれない。どこを殴られた？」

覗き込まれて心配そうに訊かれる。

「ほっぺた……」

右の頬がズキズキと痛む。あの男たちに囲まれていたときは痛まなかったが、安心したのか、今になって痛みが出てきたらしい。

青年は腰につけていた袋からなにかの葉を取り出すとそれを揉《も》み、泉の水で濡《ぬ》らした布に塗りつける。揉んだ葉を塗った布を詩倫の頬にあてがった。

冷たくて気持ちがいい。痛みが引いていくような気がする。

「あの……助けてくださってありがとうございました」

「いや、たいしたことはしていない。きみを助けるようにと精霊が導いてくれたからね。それに……あのごろつきどもは最近ここらにのさばっていて、きみだけじゃなく、俺たちも迷惑をしていた。一度痛い目を見せるべきだと思っていたから、いい機会だったんだ。だから気にしないで」

「そうでしたか……あの人たちはどういう」

乱暴者らのうち、一人目は狼に噛まれた後、馬に乗ってさっさとどこかへ逃げてしまったが、青年に矢を射られた二人の馬は、狼に恐れをなしたのかどこかへ逃げ去ってしまっていた。だから矢を射られた男たち二人は馬なしになったということになる。この草原で馬がないとなると……運がよければ別だが、そうでなければ怪我をしたまま野垂れ死ぬ可能性もなくはない。

「あの男たちは強盗まがいのことをして大きくなった部族の者だろう。馬につけていた鞍《くら》の飾りがそうだったからね。よその部族の羊を奪ったり、このあたりを通る商人から金品を強奪したり、それから——きみのように、どこからか見目のいい子を攫《さら》っては売ったり……特に今年は彼らがいるあたりは草の育ちが悪く羊もろくに育たないと言っていたから、なおさら。生きるためには仕方がないとはいえ、こちらも死活問題だ」

彼らにも事情はある、と言いながらも同情はしないと青年は冷ややかな口調で言う。同情だけで人は生きていけない。

詩倫は眼前の広い草原を見渡しながら、小さく息を呑んだ。

「災難だったが、無事でよかった――俺はアルトゥンベック。キリチュの部族長だ。きみは？」

「……詩倫……シリンといいます」

「シリン……いい名前だね。それできみは――」

アルトゥンベックと名乗った青年の言葉を遮るように「ワン！」と犬の鳴き声が聞こえた。

鳴き声のほうへ顔を向けると、詩倫の傍に大きな狼……ではなかった、犬だ。白い大きな犬がやってきていた。この犬が一番はじめに詩倫を救ってくれた。犬は詩倫の頬をいたわるように舐《な》める。

「わあ、きみが僕のことを助けてくれたんだよね。ありがとう」

詩倫はゆっくりと身体を起こし、ピンと立った耳とふさふさの尻尾《しっぽ》を持つ大きな犬を抱きしめる。犬はとてもよく躾《しつ》けられているらしく、詩倫に抱きつかれても暴れることはなかった。

「こいつはウルクという名前だ」

「ウルク？」

「ああ」

「ウルク、ありがとう。きみのおかげで助かったよ」

詩倫はウルクを思いっきり撫でる。ウルクもうれしそうに詩倫にじゃれつく。その様子をアルトゥンベックは笑顔で見ていた。

（う……わ……）

今まで見たことのないくらいのきれいな彼がさらに見せた笑顔は、男の詩倫でもうっとりとしてしまうほど魅力的で、思わず見とれてしまう。次から次へとあり得ないことが自分の身に起きていて、まったく理解が追いつかない。

まるで王子様に助けられたお姫様のようなことが起こって――しかも本物の王子様のようにハンサムな青年にすんでのところを救ってもらい、詩倫は困惑に困惑を重ねていた。

「ところで、きみはどこの部族の者だ？　あんなところでごろつきどもに襲われていたとなると、どこからか攫われたのだろう？　送り届けてやるから教えてくれないか？」

訊かれて、詩倫はハッとした。果たしてここはどこなのかということすらわからない。

また自分の姿が今どうなっているのかも。あの男たちにはオッド・アイと言われたが本当にそうなのだろうか。鏡がないから自分の姿すらわからないでいる。

アルトゥンベックはさっき詩倫を見ながら「きみのように、見目のいい子」という表現をした。お世辞ではあるのだろうが、だとしても本来の詩倫の姿ならそうは言わないはずだ。日本人の見た目は珍しいかもしれないが、だったらそのように言うのではないか。

「どうしたの？　どこの部族？」

もう一度訊ねられる。

（どうしよう。本当のことを言っても気味悪がられるだけだと思う……）

彼に自分はここではないところからやってきたと言っても信じてはくれないだろう。記憶を失ったと言うほうがまだましかもしれない。

「あ……あの……僕……わからないんです。ここは……どこなんですか」

咄嗟に口をついた詩倫の言葉にアルトゥンベックは眉《まゆ》を寄せた。

「わからない、というのはどういうこと？　ここはシャルクだが、きみはどの方角から来たの？」

訊かれて、詩倫は首を横に振った。

「覚えていないってこと？」

詩倫はこくりと頷《うなず》く。ほんの少しの嘘《うそ》に心が痛んだが、飛行機にも乗らずに日本から来たなんて、法螺《ほら》話と思われても仕方がない。

「そう……。名前だけは覚えていたんだね？」

「はい。でも他のことは……」

アルトゥンベックは困ったような表情を浮かべた。それはそうだろう。帰る場所がないだけではなく、自分の身の上が一切わからない人間をどう扱っていいものか。

「そうか、それは辛《つら》いな。攫われたときに頭でも打ったのかもしれない。思い出せないのは不便だろう。帰る場所も覚えていないとなると……ここに置いていくわけにもいかないしな」

彼がそう言ったとき馬が鳴く。まるで催促しているように何度か声を上げた。

「しまった。水を飲ませないと。あいつが拗《す》ねると厄介なんだ。この前なんか拗ねて俺が行きたい方向の反対側にしか走ろうとしなくなったんだ」

おどけたような口調で「ちょっと待ってて」と言い置き、彼は馬のほうへ歩いていった。

詩倫は馬の世話をしているアルトゥンベックを遠目に見、自分ももう一度泉の水を飲もうと、水面を覗き込んだ。

「え……」

そこに映っている自分の姿に詩倫は驚く。

なぜなら自分が知る自分の顔とはまったく違う顔だったから。髪の色こそ、ブルネットで見ようによっては黒髪と言えなくもないが、目の色が右目と左目でそれぞれ違う——緑色と菫色——のオッド・アイ。

ごろつきの男たちが言っていたことは本当だった。

しかも、かつての自分とかけ離れた、それこそ美少女と言っても差し支えないほどの顔《がん》貌《ぼう》で、あまりに驚いて茫然《ぼうぜん》としてしまう。繊細な作りの儚《はかな》い容貌《ようぼう》。これが自分だというのか。思わず見入ってしまうくらいの美貌《びぼう》でさらに頭の中が混乱した。

（確かにこれは……あの男たちが言っていたこともわからなくはない……けど）

まさかこのきれいな顔が自分の顔とも思えず、つい人ごとのように思ってしまうが、あやうく自分はあの男たちにいいようにされた挙げ句、売り払われようとしていたのだ。こうしてアルトゥンベックに助けられたからいいようなものの、これが自分であっても他人であってもあのようなことは許されることではない。

つくづく、自分は幸運だったのだ、と詩倫は思った。

そして、やはり自分はなにかの拍子で、意識だけがここに飛ばされてきたのだろうか。この見ず知らずの場所に。

「どうかしたか」

馬の世話を終えたアルトゥンベックが詩倫のもとに駆け寄ってきた。詩倫が長い間じっと水面を見つめていたことが気になったのだろう。

「いえ……これが自分の顔なんだなと思って……目の色も右と左で違っていて……」

ゆらゆらと映っている自分の顔に詩倫は小首を傾《かし》げた。どう考えても地味だった本来の自分とはかけ離れていて、つい頬や唇を触って確かめてしまう。

その様子がおかしかったのか、アルトゥンベックはクスクスと笑った。

「そうだ。それがきみの顔だよ。あの男たちがきみを攫いたくなった気持ちもよくわかる。言い方は悪いが、これだけきれいなら金持ちに売れるだろう、ってね」

物騒なことを彼は口にするが、事実だ。詩倫自身から見ても、この顔なら力仕事をさせるより、娼館《しょうかん》にでも売ったほうが手っ取り早く金になる。

「あの……あの人たちは僕のことを《神の子》って言っていましたけど、神の子ってなんですか？　僕にはなにもわからなくて……」

「本当になにも覚えていないのだな」

アルトゥンベックはそう言うが、もともと知っていたものを忘れたというわけではなく、はじめからわからないのだ。それに彼はここをシャルクという場所だと言ったが、そのシャルクという地名すらわからない。国の名前なのか、街の名前なのか、それとも村の名前なのかすら。

「はい……アルトゥンベックさんはここをシャルクというところだとおっしゃいましたが、シャルクという地名も僕にはわからなくて……すみません」

せっかく親切にしてくれている彼に申し訳ない気持ちでいっぱいになる。精霊が導いたということを言っていたが、彼にとってはただの行きずりの人間でしかない。本来ならここで捨て置かれても詩倫には文句も言えない立場だ。

「謝らなくていい。きっと攫われたときに頭でも打ったのだろう。いずれ思い出すからそんなに悲しい顔をするな」

そう言ってアルトゥンベックは笑ってみせる。詩倫は小さく頷いたが、彼を欺いているような気持ちになり心が痛んだ。

だが、これからどうすべきか。両親を失ったとき以上に絶望が詩倫を襲う。少なくとも日本にいた頃は、住むところや、多くはなかったもののしばらく暮らしていくだけの貯金を両親が残してくれたから、高校を卒業するくらいまでは衣食住に困らなかった。仕事も高校の先生が奔走してくれたおかげで、ベーカリーに勤めることができ、手に職をつけることもできるようになった。

けれど、今は――。

右も左もどころか見渡す限りの草原では生きていくことがなにより一番の困難。先ほどのように盗賊に襲われるか、野生動物の餌食《えじき》になるか。詩倫の目の前は真っ暗になる。

「自分のことも覚えていないとなれば、不安なのはシリンのほうだ。俺の気が回らなくてすまない。俺でわかることはなんでも教えよう。その前に腹ごしらえをしないか。空腹はよけいに気持ちを乱すからね」

そう言って、馬に括《くく》りつけてある荷物の中から干したあんずを取り出すと、詩倫の手にいくつか手渡した。


甘酸っぱいあんずは詩倫の心と腹を満たした。アルトゥンベックは手際よくそこらの石を拾い集めて簡単なかまどを作り、石と一緒に拾った枯れ草や小枝をその中に置くと、火打ち石で火を点《つ》けた。

犬のウルクは火の傍で眠っている。先ほどはごろつき相手に勇敢に戦い大活躍だったのだ。きっと疲れてしまったのだろう。

真鍮《しんちゅう》の二段になったポットで淹《い》れた紅茶を小さな茶碗《ちゃわん》に注《つ》いでくれる。

「どうぞ。熱いから気をつけて」

見ると、茶碗はひとつしかない。きっとこの茶碗はアルトゥンベックのものなのだろう。

「あの、僕は……これはアルトゥンベックさんのお茶碗でしょう？」

「俺はシリンが飲み終わってからでいい。まずお茶が必要なのはきみだからね」

遠慮した詩倫にもう一度茶を勧めた。

「……すみません。ありがとうございます」

詩倫はぺこりと頭を下げて、茶碗を受け取ろうとした。だが、アルトゥンベックはなかなか茶碗を渡してくれない。え、と思いながら顔を上げると、彼は首を傾げていた。

「さっきもそうだったけど、シリンはなぜ謝るの？　きみはなにか悪いことをしたのか？」

真顔で訊かれ、詩倫は首を横に振った。

「悪いことをしていないのに、謝るのはよくない。こういうときはただ、ありがとう、とだけ言えばいい。謝るのは自分が罪を犯し、その罪を認めたときだけだ。わかった？」

まっすぐに視線を向けられ、詩倫は胸を突き刺されたような気持ちになった。感謝の言葉だけを告げればいいと諭され、詩倫は大きく頷いた。

「それじゃあ、改めて。……どうぞ」

にっこりと笑顔を見せて、アルトゥンベックは詩倫に茶碗を差し出した。

「ありがとうございます」

詩倫がそう言って受け取ると、彼は満足そうに微笑《ほほえ》んだ。

彼が淹れてくれた茶はとても甘かった。そういえば茶葉の他にぽとりぽとりとなにかの塊を入れていた。あれは砂糖だったのだろう。

「おいしいです」

甘くホッとする味。紅茶も色が濃いのに渋みが少なく、やさしい風味だ。あんずもおいしかったが、紅茶もおいしい。

「それはよかった。お茶は心も身体も解きほぐしてくれるからね。さあ、これも食べて」

荷物の袋の中からは魔法のように様々なものが出てくる。袋から取り出され、手渡されたものはお菓子のようだった。囓《かじ》ると、甘い。まるでかりんとうのような味わいの揚げ菓子だ。かりんとうよりは少しやわらかく、そして腹に溜《た》まる。

アルトゥンベックと交互に茶を飲み、そして揚げ菓子を食べる。彼がお茶は心も身体も解きほぐすと言ったとおり、やっとガチガチだった身体も緊張もほどけたような気がした。

「なにから話そうか。そうだな、この国——シールは五つの地域に分かれている」

言いながら、彼は地面に小枝で線を引き、図を描いた。大きな円の中央に小さな円、そしてその円の外周を四分割する。

「ここがオルタ……都だ。今、俺たちがいるシャルクはここ」

そう言って彼は小枝で四分割した外周の東側を指す。

また、北のシモール、南のジャヌブ、西のギャルブと順に口にした。

シール、という国名を詩倫は聞いたことはない。そこでやはりここは異世界なのかも、という考えが頭を過《よぎ》った。ただ、自分たちが学ぶ国名とそこに住んでいる人が呼ぶ国の名が異なることはよくあるから、すぐに判断もできない。

「シャルクは比較的豊かだ。麦も育つし、羊たちが食べる草もある。シモールは寒く貧しい。シリンを襲った男たちはシモールから流れてきたやつらで、ウルマスという部族だろう。馬具の飾りに特徴がある札付きの悪党だ。今年は特にバッタの被害に遭って、作物もろくに育たないと聞いた。だからだろうな、最近ここでも盗賊に身をやつした者が増えていて被害があとを絶たない。おかげで俺も見回りに出ることが増えた。……まあ、そのおかげで、シリンを助けることができたんだが」

「本当にアルトゥンベックさんに助けられてよかったです」

「アル、でいい。みんなそう呼ぶ」

アルトゥンベックは詩倫にそう言った。

「アル……さん……？」

「アル、だ。さん、はいらない」

「はい。……じゃあ、アル、さっきの人たちが神の子、って僕の目を見て言いました。どういうことなんですか？　あの人たちは妊娠できるとか……なんか変なことを言っていましたけれど」

そう、ずっと気にかかっていた。神の子と言われたことも、男でも妊娠できるとかなんとか言っていたことも。

ここがもともと自分のいた世界なら、そんなことはあり得ない。だが、もしそれが本当なら、自分は異世界へやってきたという証拠になる。さすがにもう夢だとは思えなかった。夢ならもうとっくに覚めていてもいいはずだ。こんな長くてリアルな夢を見続けるとは思えない。

アルは少し考えた後、詩倫の顔をじっと見て、ようやく口を開いた。

「シリンのように、片目ずつ色が違う人間はごく稀《まれ》にいるというのは本当だ。そういう色違いの目の持ち主は……とても美しくて、神に祝福された特別な子どもを産むことができるそうだ。それは女性だけでなく、男でも同じでね。その目を持つ者は男でも子を孕むと言われている。俺はまだそういう人に会ったことがないから、伝え聞いた話で悪いが」

やはり本当なのだ、と詩倫は彼の話を聞いて内心で驚いていた。となると、この世界は自分が生まれ育ったところではなく、どういったわけか、詩倫の中身だけここに飛ばされてやってきたということらしい。

「だから、シリンのその目を見て、あの男たちの目の色が変わったのも無理はない」

「……それは妊娠できる珍しい人間だから、ってことですか？」

おずおずと詩倫は訊ねた。

「ああ、それもある。けれどそれだけではない。《神の子》は、その存在が部族を豊かにすると言われている。その神の子が産んだ子どもが、部族にとって幸福をもたらすと言い伝えられているからだ」

彼の話によると、《神の子》の存在はここしばらく聞いていないという。それだけ珍しく、そして重用されるらしい。なんでも神の子がいた部族の羊が倍に増えたとか、放牧先の草に困らなかったとか、また育てた作物も豊かで、女たちの織った絨毯《じゅうたん》も素晴らしい出来……財産が何倍にもなったという話だ。

そういう存在なら確かに喉《のど》から手が出るほど欲しくなるだろう。

「だから……攫われることも多く、高値で取引される。シリンのように襲われやすいのも事実だ」

「そうなんですね……」

どこにいても、またさっきのような目に遭うということだ。頼るところもないし、これからどうしていいものやらと嘆息する。それならいっそあの男たちに連れ去られてしまっていても同じことだったのかもしれない。絶望的な状況に思考がマイナスへ傾きはじめる。

ダメだ、と詩倫は俯《うつむ》いて首を横に振った。両親にもいつも「詩倫はいつも物事を悪く考えてしまうからね。もっと前向きにならないと」と言われていた。

「――下を向いていると、目の前にある幸運が逃げていく」

アルがふいに口にしたその言葉に詩倫はハッと顔を上げ、目を瞠った。

なぜならその言葉は両親にいつも言われていた言葉だったから。

(父さんと母さんに言われたのかと思った……)

目の前には両親ではなくアルがいる。彼の言葉と両親が口癖のように言っていた言葉が同じで、詩倫の胸が詰まる。

「きみの目は地面を見るためだけについているわけじゃない。だろ?」

彼がやわらかい視線で詩倫を見つめていた。彼の太陽の光をぎゅっと集めたような金髪が眩《まぶ》しい。きらきらとしてとてもきれいだ。そして彼の青い目はとても澄んでいて、まるでこの泉の水のようで詩倫の気持ちを穏やかにさせる。とても不思議な気分だった。彼の姿を見ているだけで、波立つ感情が凪《な》いでいく。

「……アル」

詩倫が声をかけた。

「お願いがあります」

「なんだ」

「僕をどこかに売ってください。そうしたら、お金になるのでしょう？　そのお金で今日あなたに助けられたお礼ができます。そして僕は野垂れ死にしないですみます」

きっぱりと詩倫は言った。たぶん、これが一番いい方法だ。アルならきっと詩倫を妙なところには売り飛ばさないはずだ。ほんの少ししか時間をともにしていないが、彼なら信頼してもいいという気持ちになる。

自分自身が金になるなら、それでこの破れたり汚れたりした服を替えることもできるし、アルへの手間賃にもしてもらえる。それに《神の子》が重用されるというなら、売られた先でも食べていくのには困らないはずだ。

覚悟を決めて詩倫はアルに訴えた。

すると彼は「やめておけ」と厳しい口調で言った。

「だって……」

今の自分にはそれしかできない。そう言葉を続けようとすると、詩倫の言葉を遮るようにアルは口を開いた。

「そんなことをせずともいい。――精霊が俺にここに来るように導き、そしてシリンを助けた。これも精霊の導きだろう。シリンが嫌でなければ俺と一緒に来るといい。俺の部族は割と豊かなほうだし、シリン一人増えたところで困窮はしない。俺の家もむしろ今は人手がいくらあっても足りないくらいだ。それとも俺と一緒に来るのは嫌か？」

詩倫は首を大きく横に振った。アルが連れていってくれるのなら、それがいいに決まっている。売られる覚悟を決めたはいいけれど、やはり売られるのは怖い。それよりどんなにこき使われたとしても、彼と一緒にいるほうがいいと思えた。

「いいんですか？　僕が行っても」

「構わない。俺はこれでも部族長だ。俺が決めたのなら、他の者はなにも言わない」

若く美しい部族長は鷹揚《おうよう》に詩倫に言う。年回りとしては詩倫よりも少し年上だとは思うがそれほど離れていないだろう。なのに、彼は物腰がやわらかく落ち着いていて、とても頼もしい。彼に任せておけば安心できる、そう思った。

「連れていってください……！」

お願いします、と詩倫はアルに頼んだ。

「わかった。ではそうしよう。今からでは……」

彼は空を見上げる。太陽はじきに沈むと空が伝えている。

「キリチュの夏営地はここから随分と離れている。今から動くのは夜盗にも遭いやすいし、これから出発するのはやめておこう。ここは水があるし、ここで一晩過ごして明日の朝早くに発《た》つが、それでいいか？」

「はい。……アル、ありがとうございます」

詩倫は心から安堵《あんど》した。にっこり笑って礼を言うと、彼も笑顔で返してくれた。


野営のために、詩倫は枯れ草や枯れ枝を探し回った。ウルクをつけてくれたので、ウルクとともに。ウルクはまるでアルの言うことがすべてわかっているように、詩倫を守るように付き添ってくれる。おとなしく、詩倫の言うことも聞き、とても従順だった。よく躾けられているのだな、と感心する。

そういえば、ウルクはほとんど吠《ほ》えない。こちらの言うことも先回りして動いてくれるし、藪《やぶ》の中に蛇を見つけたなど、危険だと判断したときだけ最小限吠えるだけだ。

詩倫たちが泉まで戻ってくると、アルの姿はなかった。馬の姿も見えない。だが、ウルクを置いていくことはないだろうしと思いつつ、なんとなく不安にもなる。

すると、しばらくして彼はウサギを数羽手にして戻ってきた。

「夕飯を見つけた」

どうやら今夜はウサギらしい。ウサギの処理をアルがはじめた。既に血抜きはすませてあるらしい。毛皮にナイフを滑らせている。

(こういうことも慣れないと……)

正直なところ、自らの手で生き物を殺して食べるということに、いささかの抵抗がないとは言えなかった。しかし日本で暮らしていたときも肉は普通に食べていた。誰かが自分の代わりに処理をしてくれていたというだけだ。

現代社会に生きてきた詩倫にとって、おそらくこれからの生活は今までとはまるで違うものになるはずだ。

「食べられるもの探してきます」

「無理しなくていい。遠くには行くな」

「はい、わかっています。すぐに戻ってきますから——ウルク、一緒に行ってくれる?」

狩りはできなくても、せめてなにか役に立ちたい。詩倫はもう一度ウルクと一緒に近くを歩き回る。ほどなく詩倫の先を歩いていたウルクが「ワンッ！」と一声吠えた。

「野いちご！」

泉からほんの少し離れたところに野いちごが少しあって、それも一緒に摘《つ》んでくるとアルはとてもうれしそうにしていた。口には出さなかったが彼の好物なのかもしれない。もっと摘んでくればよかったなと思ったが、そのときにはもう空が茜《あかね》色から藍《あい》色へと、色を変えてしまっていた。

「シリンが頑張って枯れ葉や薪《たきぎ》になる枝を集めてくれたから、火は朝まで大丈夫だろう」

野営となると火は大事だ。狼などへの警戒もあるが、なにしろ冷える。夏だから秋冬に比べると気温は下がらないとはいえ、天幕もないとなると、火がなければ凍えてしまう。

アルはウサギの肉に塩と香草を擦り込み、枝に刺して火で炙《あぶ》るように焼いた。そして詩倫が摘んできた野いちごの半分を大きな葉の上で潰《つぶ》した。次に少し残しておいたウサギの肉を油を塗った熱い鉄鍋《てつなべ》に放り込むと、焼きつける。肉の焼ける匂いがとてもおいしそうだ。そこに水をたっぷりと入れ、香草と緑色をした豆、乾燥させたなにかの野菜に米もひと摑み入れてぐつぐつと煮る。ちょうど豆がやわらかくなった頃、直火《じかび》で焼いていたウサギにも火が通ったらしい。

食べる前に、精霊と自然の神に祈りを捧げる。鍋の中のスープへ塩をひとつまみ入れて完成。

詩倫は今まで以上に大地の恵みをいただくことに感謝した。これまでも貧乏とは言わないまでも倹約した生活をしていたから、食べ物の大切さはよくわかっているつもりだった。けれど実際に狩りの獲物をそのままいただく、ということはなかった。

命をもらって、自分の命を繋《つな》ぐ。

この肉が自分の血となり肉となり、生きていく力を与えてくれる。

ここにきてその意味がようやくわかった気がした。だからなにも無駄にはしたくない。大事に食べなければと心の中で必死に祈った。

「これを使って」

差し出されたのは木の匙《さじ》。アルはあらかじめ、木を削って詩倫用の匙を作ってくれたようだった。

「作ってくれたんですか？」

「ないと不便だからな。急いで作ったから、あまりきれいに作れなかったけれど。今度きちんと作り直してあげるから、今夜はこれで我慢してくれないか」

「とんでもない。すごくすてきです。ありがとうございます、アル」

礼を言うと彼は少しはにかんだような笑みを浮かべる。その表情がこれまでの大人然としていた彼とは違い、ちょっとだけあどけないもので、なんだかとても可愛らしい。

こういう表情もするのだ、と思うと、詩倫は彼に親近感を覚えた。

「さ、食べよう。うまいスープができた」

そうして二人で鍋の中のスープを啜《すす》り、ウサギの肉にかぶりつく。やわらかくてとてもジューシーだ。くさみなんかまるでない。

「肉にそれをつけて食べてみるといい。シリンが摘んでくれた野いちごを潰したものだよ」

大きな葉の上に詩倫が摘んできた野いちごがペースト状になっている。肉をこの野いちごのソースにつけて食べてみてほしいとそう言われて、おそるおそる言われたとおりにしてみる。どんな味かと思っていたが、これがとても合う。甘酸っぱい野いちごの味とやわらかい肉の味が口の中ですごくマッチしていた。

スープもはじめて食べる味だ。すごくシンプルな味付けなのに、とても複雑な味わいだった。肉と豆と米でこんな味が出せるのか、と驚く。きっと豆からしっかりとした出汁《だし》が出ているのだろう。香辛料もどんなものを使ったのか、とても興味が湧いた。

どちらもはじめて食べるというのに、それでもどこか懐かしいような味がする。

かつて両親が生きていた頃、詩倫の家の食卓に上がった、中央アジア風の料理に通じるところがあった。

「おいしい……！　すごくおいしいです、アル」

「口に合ってよかった。キリチュに戻ったら、もっとうまいものを食わせてやる」

心から満足しているという顔の詩倫に、アルもホッとしたような顔をする。

「ほんとですか？」

「ああ、ウサギもいいが羊もいい。今年はレモンとオリーブがよくできたから、オリーブと一緒に羊を煮込んだものを食べさせてやろう。レモンを入れるとまた格別だから」

想像しただけでおいしそうだとわかる。詩倫は目を輝かせた。

「わあ……楽しみにしています！　僕、一生懸命働きます！」

「ああ、期待している」

精霊の導きだ、とアルは言った。であれば自分も精霊に導かれてこの世界に来たのだろう。なぜこのようなことになったのか、なぜ精霊は自分をこの世界に呼び寄せたのか。

薪がパチパチと爆《は》ぜて小さな火の粉を飛ばす。ゆらゆらと炎が揺れる様を見ながら、その炎の暖かさが心までじんわりと染み渡っていく気がする。

広い広いこの草原で彼と出会えたことに感謝しながら、匙でスープを口に運ぶ。もらった恩をアルに返したい。

食事の後は、地面に小さな絨毯を敷いてもらい、横になって寝ろと言われた。自分も火の番をすると言ったが、慣れているから平気だと彼は言う。

「ウルクもいるし、仮眠は取れる。一晩くらいは平気だ」

「でも……」

「今日は疲れただろう。明日はずっと馬の上だ。休めるときに休んでおくといい」

確かに、身体も心も疲れて――そして暖かい火の前にいると、今すぐにでも瞼《まぶた》がくっついてしまいそうだけれど。

ふわあ、と思わずあくびも出てしまい、クスクスと笑われる。

「気にしないで休め。でないと明日は倒れてしまって、また野宿になるぞ」

そう言われてしまえば仕方がない。ただでさえ足手まといだ。彼にこれ以上迷惑をかけるわけにはいかない。

「ありがとう、アル。それじゃあ、休ませてもらいますね」

アルの言葉に甘えて詩倫は絨毯の上に横になった。

そうして詩倫がぐっすりと眠りに落ちたときだ。

詩倫の傍で伏せていたウルクが、グルルル……となにかを警戒するように喉を鳴らした。

詩倫もその声で目を覚ます。

「アル……？」

見るとアルは鋭い目つきであたりを窺《うかが》っていた。

「シリン、その木の陰に隠れていろ。ウルク、シリンの傍にいてシリンを守れ」

硬い口調でアルが言う。のっぴきならない事態のようだ。詩倫は言われたとおりに、木の陰に身を隠す。ウルクはアルの言葉がすべてわかっているというように、詩倫にぴったりと寄り添って離れなかった。

詩倫が木の陰に移動した、その直後だ。

ヒュン、となにかが飛んでくる鋭い音が聞こえた。と思った途端、馬のいななきが聞こえる。夜盗だろうか。それとも昼間詩倫を襲った者たちが仕返しにでも来たのだろうか、とごくりと息を呑んだ。怖くて震え、奥歯までカタカタと鳴ってしまう。傍にいるウルクも神経を尖《とが》らせて、低く喉を鳴らしていた。

馬がこちらへ向かって駆けてくる。一頭だけではなく、複数いる。焚《た》き火の炎に照らされた影しか見えないが、アルは剣で戦っているようだった。金属のぶつかり合う音がして、男の低い呻《うめ》き声が聞こえてくる。

夜の闇《やみ》に紛れて襲いかかってくるなんて、とアル一人に戦わせるばかりの自分を不甲斐《ふがい》なく思う。が飛び出したところでアルの足手まといになるだけだ。

どうしようと思っていると、突然アルが指笛を鳴らし、独特の節回しで歌のような声音を出す。そしてまた指笛を鳴らす。

その音は夜の闇に高く響き渡った。

そして指笛の響きが消えたときだ。

いきなり数匹の狼の群れが現れ――こちらに向かってやってきた。

「――ッ」

詩倫は目を見開いたまま、瞼を閉じられずにいた。夜盗に加え、狼もとは。詩倫はいてもたってもいられず、木の陰から飛び出そうとした。

しかし次の瞬間、信じられない出来事が起こる。

狼たちの群れが、夜盗に向かって襲いかかったのだ。夜盗の乗っていた馬はパニックに陥り暴れ出す。そして夜盗を追い払ってしまったのだった。

「シリン、大丈夫か」

ようやく、静けさが帰ってきたところでアルに声をかけられる。

「大丈夫……アルは……？」

「平気だ。こいつらが助けてくれたからな」

狼の群れを引き連れたアルがそう答える。もしかして、アルは狼を味方にすることができるのだろうか。あの声と指笛は……。

アルは狼の一匹に残っていたウサギを与えると、もう一度指笛を鳴らした。すると狼たちはおとなしくウサギを咥《くわ》えて立ち去ってしまう。

「もう大丈夫だ。またあいつらがやってきても、狼たちが見回ってくれている。安心して眠るといい」

アルは詩倫を安心させるように肩を抱いて火の傍に座らせる。

不思議なことを言う、と思いながら詩倫は疲れとホッとしたのとで、意識を手放した。

夏とはいえ、さすがに朝は冷えていたがそれでも身体が冷え切らなかったのは、ウルクが詩倫に寄り添っていたからだった。一晩中、焚き火があったこととウルクのもふもふとした毛皮とぬくぬくとした体温のおかげで、詩倫はぐっすりと熟睡できた。

「目が覚めたか」

アルは既に湯を沸かしていて、詩倫にお茶を振る舞ってくれる。

彼の淹れる甘いお茶が本当においしい。このお茶で身体もしゃっきりと目覚める。

「眠れたか？」

「うん。すごくぐっすり。でも、僕ばっかり朝まで寝てしまって」

「気にするなと言っただろう。シリンが眠れたならいい。俺は短い時間でも十分疲れがとれるたちだし、帰ったらゆっくり寝るさ。——さ、食事にしよう」

朝食はチーズを、これも残ったウサギと豆のスープに入れて煮込んだものだ。

チーズが入ったことで、またスープの味わいも変わり、これはこれでまたとてもおいしい。なにひとつ無駄にしない彼の料理に感銘を受けながら、詩倫は残さず食べきった。

足元にはウルクがいて、ウルクも肉の残りをもらって食べていた。

「ウルク、ゆうべはありがとう。暖かかったよ。おかげでぐっすり眠れた」

言いながら、ウルクの背を撫でるとうれしそうに尻尾を振る。

「おまえもゆうべはぐっすりだったな」

ハハ、とアルは笑いながら野営の後片づけをする。詩倫も彼を手伝いながら、旅立つ支度を二人で終えた。

彼の馬はカデルというのだそうだ。額に稲妻のような模様があるから稲妻という意味のその名前がつけられたらしい。とても賢い馬でアルの言うことをよく聞いていた。

荷物を馬に括りつけ、昨日と同じようにアルは詩倫を馬に乗せ、自分も跨《また》がった。

ピシ、と軽く鞭を馬に当てると、ゆっくりと走り出す。ウルクは馬と併走していた。

鮮やかな緑色の地面を覆う青い空と、遙《はる》か彼方の地平線。

それ以外にはなにもない景色だ。

まるでこの地上に自分たちしかいないような錯覚さえ覚える。

ときおり、鷹《たか》なのか、鷲《わし》なのか、青い空をすっとナイフで切るように滑空していった。

乾いた土の匂いと、顔に受ける爽《さわ》やかな風を感じながら馬は地平線に向かって走る。

詩倫は背をアルに預け、たてがみにしがみつく。

この身体はこれまでどうだったかしれないが、詩倫自身としては乗馬などはじめての経験だ。しっかり腿に力を入れていないと、馬から落ちてしまいそうになる。これは確かに体力がいる。ゆうべはやはりぐっすり眠っておいてよかった、と無理をさせなかったアルに感謝した。

アルの集落に着いたのは、もう随分と日が傾いて、あと少しで日没というくらいの時間だった。

空が茜色に染まりはじめていて、それはそれは美しい色で詩倫は思わず見とれてしまう。昨日はなにもかも必死で、ゆっくりと空の色を堪能《たんのう》する余裕はなかった。けれどこうしていると、自分が草原に立って空を見上げているということを実感する。

「シリン、こっちだ」

キリチュという彼の部族は完全な遊牧というわけではなく、定住しながら夏の間はあちこちに遊牧しに行くというスタイルを取っているようで、アルの住まいはテント式のものではなく、普通の家であった。

「長期の遊牧に行くときにはユルタを使うこともあるが」

ユルタ、という言葉は詩倫がいた世界でも使っていた。テント式の住居のことだが、アルの言い方からするとたぶんこちらでも同じ意味合いで使っているのだろう。

「ご苦労様。疲れただろう。ゆっくり休んで」

カデルを厩舎《きゅうしゃ》に連れていき、水と餌《えさ》をあげながら、アルがそう声をかけていた。

自分たちよりもまず先に馬。馬はアルたちのようにこの草原に住む者にとって、なによりも大事にすべき存在だ。

その後でアルは詩倫を家へ案内する。

「狭いが、ゆっくり休んでくれ。シリンもずっとカデルの上だったから疲れただろう？」

正直なところ、疲れたという言葉では言い表せないほどかなり体力を奪われていた。が、それを顔に出すことはできなかった。アルのほうが自分よりも何倍も体力を使っているはずだから。

アルの家は扉も戸柱も細かい装飾彫りがされていて、思わずじっと見てしまった。

「どうしたの。入らないのか？」

あまりに詩倫がじっと眺めているものだから、彼は首を傾げながら訊ねる。

「あっ、ううん。すごくすてきだなって思って見とれて」

「そうだろう？　うちの扉や戸柱に限らず、キリチュの集落の家はみんなユースフが手がけてくれているからな。あとで紹介するがユースフはすごく腕のいい職人でね、おかげで自慢の家だ」

入れ、とアルが扉を開ける。

先に入ったアルがランプに灯《あか》りを点《とも》した。

しん、と静まりかえった部屋。

だが壁にかけられたタペストリーが素晴らしい。タペストリーなど織物や刺繍は女性の嫁入り道具として嫁ぎ先の家に持ち込まれるものだ。

「アル、この壁掛けはあなたの奥さんが作ったの？」

もしかしたら彼には既に伴侶《はんりょ》がいるのかと思って詩倫は訊いた。アルは部族長ということだし、これだけのものを作る女性が伴侶にいてもおかしくはない。

「いや。これは俺の母親の嫁入り道具だったものだ。それに俺はまだ誰も娶《めと》っていない。独り身でね」

彼が独り身、と聞いて、詩倫は少しホッとしたような気持ちになった。そしてそんな気持ちになったことに驚く。

（バカじゃないか、僕は……アルが独り身だからってうれしがるって）

そもそも普段から自分の性指向について考えたことはなかったが、アルに対してときめきを覚えるということは――いや、と内心で首を横に振る。彼については単に憧《あこが》れというか羨望《せんぼう》の気持ちを抱いているだけだ、と思い直す。

しかし、ふと、ふいに自分が《神の子》と呼ばれる、子をなすことができる存在であることを思い出した。

（いくら、子どもを産めるからっていって……）

確かにアルのことはすてきな人だと思うけれど、恋心を抱くこととは別だと思っている。彼だって、詩倫のことはそういう目では見ていないだろう。

そしてはたと気がつく。この壁掛けは彼の母親の嫁入り道具と言っていたが、彼の家族はここにはいないのだろうか。今この家には自分とアル、そしてウルクだけしかいない。

「俺の家族はみんな随分前に亡くなってるよ」

詩倫の疑問がわかったかのように、アルはそう言った。

「それじゃあ……」

「ああ、この家には俺とウルクしか住んでいない。だからシリンも気兼ねなくここにいるといい。独り身には広い家だ」

「……ごめん」

「なにを謝っている？」

シリンは謝りすぎだ、と言われたことを思い出したが、なんとなく聞いてはいけないことを聞いたような気がした。

「アルのご家族が亡くなっていたって知らなかったから、無神経なことを言ったような気がして」

「どこが？　シリンは気にしすぎだ。俺はキリチュの部族長だが、それは父親が部族長だったからだし、その父が亡くなったために俺が部族長を務めている。父が生きていたらまだ父が部族長だった。父は亡くなったが、きっと精霊になって愛していたここを守ってくれているはずだ。いつでも俺たちと一緒にいてくれているのさ」

それに父はここに宿っている、とアルは剣と弓を指して言った。

彼に剣と弓の扱いを教えたのはアルの父親だという。アルの父親はこのあたり一帯でも有名な実力者だった人で、アルはその父親に匹敵するほどの腕前なのだと言った。

アルは部族長としてはかなり若いのではないかと思っていたが、若くして部族長というのはそういうことなのだ、と詩倫は納得した。

「着替えをここに置いておく。昔着ていたもの……俺のお古で悪いが」

詩倫の着ているものは、乱暴な目に遭ったせいでかなり破れや汚れがあった。あの泉で水浴びをしてきたから身体はそれほど汚れてはいないが、服はボロボロだった。見るにみかねてアルが着替えを用意してくれたのだった。

「ううん。お古だなんてとんでもない。本当にありがとう」

アルのお古という服はまだまだ十分に着られるものだった。袖を通すと今の詩倫にはぴったりとして、まるで誂《あつら》えたようである。

「よく似合っている。よかった」

その服からは草原の匂いがした。馬に乗っていたときに嗅《か》いだ匂いと同じ。アルの匂いだ、と詩倫はホッとするような気持ちになった。

「悪いが、今日はこれで我慢してくれ」

夕食は干し肉とじゃがいものスープと干したチーズ。それからヨーグルトをさらに酸っぱくしたような飲み物。酸っぱいからと、砂糖を入れてもらったが、酸っぱいのと甘いのでとてもクセになる味だ。

干したチーズも味が独特で、はじめは少し食べにくいかと思っていたけれど、嚙んでいるうちにやみつきになる。

「今日はパンがないが、明日になったらパンをもらってくるから」

「十分だよ。それにスープもチーズもおいしいし。このチーズはアルが作ったの?」

「ああ。干し肉も干したチーズも冬になる前にたくさん作っておく。俺のように独り者だと随分と助かるからな。これとお茶があれば疲れたときでも一時しのぎになる」

そうか、と詩倫は思った。アルはなんでも一人でしなければいけないのだ。家畜たちの世話も、部族長としての仕事も。それからこうして肉や乳製品の加工まで。

「アル——僕、なんでも手伝うからね。遠慮しないで言いつけて」

寝泊まりさせてもらったり、食べさせてもらったりした分は働いて返さなければならない。本当にアルにはなにからなにまで世話になっているばかりだから。

そんな気持ちを込めて詩倫がアルに言うと、彼は「そうだな。たくさん働いてもらうから、音を上げないように」と悪戯《いたずら》っぽく、けっして詩倫の気持ちに負担を与えないような口調でそう言った。

お客様扱いされるより、こうして仲間のように扱ってくれることは詩倫にとってとても気が楽だった。よけいに明日から頑張ろうと思える。

「それより明日は長老の家に挨拶《あいさつ》に行こう。シリンのことを占ったのもマイラムで、マイラムに加護を授けてもらうから」

部族の長老であるマイラムの家は隣で、彼女は薬師であり占い師でもあるという。マイラムの占いはとても当たると評判で、遠くからもときどき客人がやってくるのだとアルは言った。

「それにさっきシリンが褒めてくれた扉と戸柱を作ったユースフはマイラムの息子なんだ。いい人たちだから、きっとシリンのことも歓迎してくれるはずだ」

アルが信頼を寄せている人たちだから、大丈夫とわかっていてもやはり緊張する。記憶を失ったことにしていることも、この世界のことをなにも知らないことも、それから自分が《神の子》という存在だということも……アルはやさしく接してくれているが、他の人たちの目が怖い。

そんな詩倫の気持ちがわかったのか、アルは「大丈夫。心配しないで」と肩を抱いた。


次の日、ゆうべも飲んだ、ヨーグルトのような飲み物と干しチーズで朝食を簡単に済ませると、アルと二人でマイラムの家へ向かった。

アルの家は集落のはずれにあって、家々が集まっているような場所ではない。マイラムの家はそのアルの家に寄り添うようにある。マイラムは薬師で占い師だというし、アルも部族長だ。この二軒はきっと集落でも特別の家なのだろうと、詩倫は思った。

マイラムの家に行くのにアルは昨日帰宅途中で見つけた野いちごを手土産にした。馬を走らせていると、はじめの野営を行った泉にあった野いちご畑よりももっとたくさん実がなっている場所を見つけたのだ。

二人で夢中になって摘んだのはとても楽しかった。

「ユースフ、おはよう。マイラムは？」

庭で既に仕事をはじめている、アルよりもずっと年上と思われる体格のいい男性にアルは話しかけた。

昨日アルが言っていたとおり、ユースフは木材に加工を施していた。大柄な身体に似合わない繊細な細工を器用に彫り進めている。

ユースフは仕事の手をいったんとめて「おはよう、アル」と大らかな笑顔を見せる。一見厳《いか》つそうな雰囲気に思えるが、笑顔はとても人懐っこい。

「マイラムはお茶を飲んでいるよ。……ああ、その子がそうなのかい？」

ユースフは詩倫を見てそんなふうに口にした。

「ああ、マイラムの言うとおりだった。――シリン、という名前だ」

アルに紹介され、詩倫はユースフに「シリンです」と上擦った声で自己紹介する。

「ユースフだ。困ったことがあったらいつでもうちに来るといい。俺もマイラムもそれからドーラも大歓迎だ」

ドーラというのはユースフの奥さんだ、とアルがシリンに耳打ちした。

「あ……ありがとうございます。よろしく……お願いします」

ぺこりと頭を下げるとユースフはまた人懐っこい笑顔を見せた。

「さ、じゃあ、行こう。ユースフまた後で」

アルはユースフに挨拶をすると、ずんずんと奥に進み、中庭に出た。ユースフが言ったとおり、縁側のようなところで老女と女性がお茶を飲んでいた。たぶん彼女たちがマイラムとドーラなのだろう。

「マイラム、ドーラおはよう。ドーラ、これは土産だ」

アルは二人に向けて挨拶をし、野いちごが入った袋をドーラに手渡した。

「あら、野いちごね！　こんなにたくさん。ありがとう」

野いちごを見て、ドーラはうれしそうな顔を見せた。野いちごはこのあたりの人たちはみんな好物らしい。かく言う詩倫も大好きだ。

ドーラは小柄だがてきぱきとしてとても明るい雰囲気の女性だった。こちらもアルより年上と思える。

「ねえ、アル、そちらの可愛らしい人を紹介してくれないの？」

せっつくようにドーラが言う。

「ああ、そうだった。マイラム、ドーラ、シリンだ。ウルマスのやつらだと思うが襲われていたところを助けた。実は……シリンは記憶がなくて帰る場所がわからないと言うから俺のところで預かろうと思っている」

「思っている、じゃなくて、もう決めたんでしょう？」

ドーラがケラケラと笑う。

「まあ、そうなんだが」

ドーラにやり込められて、アルは苦笑いをしていた。

「私、神の子なんてはじめて会ったけれど、本当に目の色が宝石みたいなのね」

じろじろと見られ、詩倫は臆《おく》してしまう。

「ドーラ、シリンは見世物じゃないから」

アルに窘《たしな》められて、ドーラはバツが悪そうに「わ、ごめんなさい」と謝った。単なる好奇心だけで彼女に悪気がないのはわかっている。きっと自分だって逆の立場だったら同じようなことをしただろう。

「気にしないでください」

「本当にごめんね。ほら、私たちは――アルはまた違うんだけど、みんなシリンのような目の色を持っていないから、ついじっと見ちゃって」

そう言われて、そういえばドーラもマイラムもそしてユースフも黒い髪に焦げ茶色の瞳《ひとみ》だ、と思った。けれどアルは金色の髪と青い目を持っていて、彼らとは違う。

はじめて会ったのがアルだったからそういうものかと思っていたのだが、ここの部族の人たちの見た目はドーラたちのような髪や目の色が普通なのだろうか。

ぼんやりと考えていると「シリン」と呼ばれた。

こちらにどうぞとドーラが言うのと同時に、ずっと座っていたマイラムがゆっくりと立ち上がって、詩倫のほうへ足を向けた。そうしてシリンの前に立ってやさしく微笑む。

「ああ……なんてきれいな目なんだろうね。シリン、あんたがここに来ることはわかっていたよ。大地の精霊があんたをここに呼んだんだ」

不思議な物言いをする、と思ったが彼女が占い師だということを思い出す。

「大地の精霊が……？」

「そう、大地の精霊があんたとアルを結びつけたんだ。アルがあんたと出会ったのはそういう導きだったからでね。あんたはアルの守り神になる、そう占いに出ていた。まさか神の子とは思わなかったけれど、あんたならアルを幸せにしてくれる。あんたもアルに幸せにしてもらえるだろうよ」

マイラムがまっすぐに詩倫を見て訥々《とつとつ》と語る。

独特のオーラのようなものがマイラムにはある。マイラムに言われると、そうなのかと納得してしまうような強い説得力があった。そのマイラムに自分がアルの守り神になると言われ、詩倫は思わずきょとんとした。

「え、あの……僕……」

戸惑ったように詩倫が口を開くと、ドーラが「ごめんね、シリン。びっくりしたでしょ」と横から口を挟んだ。

「マイラムがシリンのことを占いで予言していたの。アルがあなたを助けに行ったのもマイラムの占いでね」

そういえばアルは精霊の導きで自分を助けたと言っていた。それはマイラムの占いによるものだったのか。

「満月の次の日、アルが西で助けた者は守り神になる——ひと月前にマイラムがそんな予言をしたんだ」

アルが付け加えるようにそう言った。

「まさか《神の子》とは思わなかったけど、やっぱりこれもお導きなのねえ。これ以上にすてきな守り神なんかいないじゃない」

詩倫はそれを聞きながら、守り神なんて、と思う。外見はともかく中身は平凡な男だ。確かに《神の子》なる存在なのかもしれないが、自分ではアルの守り神になれるような特別な力などまったく感じない。

「守り神――僕みたいなのが守り神なんて、肩透かしだったでしょ。ごめんね」

アルに謝ると彼は大きく首を横に振った。

「そんなことはない。シリンを助けたのはきっと意味のあることだから。それに――」

そこまで言って、アルは口を噤《つぐ》んだ。と思っていると、「もう！」とドーラがアルの背中をバシッと叩《たた》く。勢いよく叩いたせいで、アルは痛そうな顔をしている。けれどけっして嫌がっているわけではなく、じゃれあっているだけだ。

ドーラを前にするとアルはちょっとだけ幼く見える。なんだかこの二人はきょうだいみたいだな、と微笑ましくなった。

「はっきり言いなさいよ。シリンに一目惚《ひとめぼ》れでもしたんでしょ！　こんなにきれいな子なんだもの、一目惚れくらいしちゃうわよ」

あはは、とドーラは豪快に笑った。

え、と思い、詩倫がアルを見ると、少し顔を背けていてどんな顔をしているのか見ることはできない。

「ドーラ、揶揄うのはよしてくれ」

ようやく顔を見ることができたアルの表情はいつもとまるで変わることがない。「照れてるのよ」とドーラは言ったが、揶揄うなとアルが口にしたように、自分に一目惚れなどするわけがないと詩倫は思った。

シリン、とマイラムが詩倫をじっと見ながら名前を呼ぶ。

「あんたは遠いところからやってきたんだね、シリン」

マイラムはわかっているのか、そうではないのか、不思議な物言いをする。

「あたしにはわかっているよ。シリン、あんたが戸惑っているのもわかる。けど、あんたは精霊に導かれてここにやってきた。あんたがここに必要だから精霊が呼んだんだよ」

「マイラム、僕は……」

詩倫はマイラムに自分は別の世界からやってきたのだということを告げようとした。が、彼女は笑顔を見せながら首をゆっくりと横に振る。

言わなくてもわかっている、というように。

「シリン、あんたはアルと家族になって、いい子を産んでおくれ。アルには家族が必要だし、きっとあんたにも必要なんだろう。アルはとてもいい子でね、でもたいそうな苦労性なんだ。あんたならきっとアルを支えてやれる」

マイラムはそう言って、詩倫をぎゅっと抱きしめた。

「マイラム、シリンにいきなり無茶を言わないでくれ。昨日ここに来たばかりなんだし、そんなことを言われてもシリンが困るだけだ」

「だってあんたたちは一緒になるんだろ」

「まだそんなこと考えてない。それにシリンも昨日は怖い目に遭ったばかりだ。まずは心と身体をゆっくり休ませてやりたい」

詩倫の代わりにアルがマイラムへ答える。

正直なところ、助かったと詩倫はホッとする。

マイラムの気持ちもわからないではないが、いい子を産んで、という言葉にはちょっぴり戸惑いを覚えてしまう。

なぜなら詩倫は自分がそんな身体だと思えないからだ。自分の身体は確かに男のそれで、豊かな乳房もない上に、男性のしるしだってある。自分を襲っていた男たちや、アル、そして今のマイラムやドーラが嘘をついているとはとても思えないが、まったく実感がないのである。

　けれど、マイラムは詩倫が子どもを産める体質なのがわかってそう言ったのも理解している。そして家族という存在がキリチュという部族だけでなく、おそらくこのあたり一帯で生活している者すべてにとって大事なものということも。

　マイラムの温かいぬくもりが詩倫に伝わる。体温だけでない心の温かさみたいなものが身体と心に伝わってくる。それはとても懐かしいような幸せな温かさだった。まるで両親に抱きしめられたときのような。

　とはいえ詩倫にはマイラムに素直に頷くこともできない。

「マイラム……あの、僕……その神の子っていうのがわからないんです。ごめんなさい。だから本当に僕がそうなのかってこととか、全然ピンとこなくて」

　困ったように言うとアルが助け船を出してくれた。

「シリンは記憶をなくしてるからな。わからなくても仕方がない」

「そうなのね。じゃあ、いきなり言われて驚いたでしょ、ごめんなさいね」

　ドーラがごめんね、と謝る。

「いえ、僕のほうこそ。その……神の子って一体どういうものなのかもわからないし」

　不安げにしている詩倫にマイラムはやさしく微笑んだ。

「私も本物の神の子には会ったことがないけれどね、シリンがそうだというのはすぐにわかったよ。その菫色と緑色の目がその証拠さ。それにあんたが心の中に持っているやさしさ。私にはシリンがどんな子かって見ただけでわかった。あんたの持つやさしい心、それはいくら真似《まね》しようと思ってもできない。あんたに接するアルを見ていたらよくわかるよ」

マイラムが詩倫の手を握る。

そうしてマイラムとドーラから詩倫は《神の子》について様々なことを教えてもらった。

どうやら《神の子》は妊娠できるだけでなく、生まれる子には特別の力を持つ能力者が多いと言われる。特に男の《神の子》が産む子にはより強い力が宿るらしい。

そのためどこの国でも喉から手が出るほど欲しがられる存在だという。

詩倫が襲われたのもただ貴重というだけではない、きちんとした理由があったということだ。

また能力者と番《つが》えば、高確率でその能力者の力を引き継ぐことができる。

「能力者……？」

また新しい言葉を耳にする。この世界ではいわゆる超能力のような力を持つ者がごく稀にいて、その存在はこの世界では常識とされているらしい。

能力者、また能力持ちと呼ばれる者たちは、自然の力――風や水、火や雷など――を借りることができるというのだ。

能力者がいる部族は豊かだという。それも道理で、なぜなら部族としての強さがそこに関《かか》わってくるからである。強い者がいる部族は外敵が襲ってきても人も羊も馬も守ることができる。風や火を操り、敵を蹴散《けち》らすことも。

能力者の力はなにも争い事にだけ使うものではない。水や風や火など日々の暮らしに必要なものをその力で使うことができる。

「一度火を操ることができる男に会ったことがあるんだけどね。あれはとても便利だと思ったよ。火打ち石がなくても火を点けることができるからね」

マイラムがそう言った。

(信じられないけど、そんなことがあるんだ)

詩倫は次々に知るこの世界の理《ことわり》に、頭がいっぱいになる。今まで住んでいた世界とはまるで違い、価値観や感覚というものが根底から覆されたような気分になった。

「シリンはまだよくわかっていないかもしれないけれど、そのうち自分の身体が他の男たちと違うことをわかってくるだろうよ」

「どういうことですか？」

「人によってらしいが、男の場合は数ヶ月に一度、発情期がやってくると言われていてね、その発情期にだけ、身体が妊娠できるように変わると言われているのさ。私も詳しいことは知らないけれどね。なにしろ本物の神の子に会ったのはシリンがはじめてだ」

発情期、と聞くとなんとなく気恥ずかしい気分にもなるけれど、考えてみたら人間はいつでも発情期といえば発情期だ。ただちょっと不安でもある。本当に犬や猫のように本能で番《つがい》を求めてしまうのか。

「そんなに不安そうな顔をしなくても大丈夫だよ、シリン。あんたにはアルや私たちがついている。安心してここにいたらいいからね」

「そうよ。シリンはいきなり襲われたから怖がるのも無理はないけど、そういうときにはアルが守ってくれるわ。アルはものすごく強いのよ。この部族の中ではもちろん、周りの部族の中でも一対一でアルに敵《かな》う者なんかいないんだから」

ドーラが詩倫を安心させるように目線を合わせてそう言った。

それにしてもアルはそれほど強いのか、と詩倫は感心する。

暴漢に襲われたときの戦いぶりを見て、アルがとても強いことはわかってはいたけれど、それほどまでに強いとは思ってもみなかった。

「ここの生活もおいおい慣れていけばいい。アルも今まで一人で大変だったから、手伝いがいるのが心強いだろうしね」

マイラムは詩倫がアルと一緒になってほしいとまだ思っているようだが、詩倫はどうしていいのかわからない。それにアルの気持ちだってあるだろう。

神の子とはいえ、果たして彼が男の身体の自分を娶りたいと思うのか。

「ところでドーラ、パンを少し分けてほしいんだが」

話題を変えるようにアルがそう切り出した。

パンをもらいに来るというのも確かにここに来た用事のひとつだ。

アルの家にもパンを焼くための窯《かま》はあるが、一人暮らしのアルは両親が亡くなった後はパンを焼くために窯に火を入れなくなったらしい。アルが食べるパンはドーラが焼いてくれるのだと言っていた。

元がパン職人だった詩倫はパンに興味津々だ。元いた世界なら、ここに似ている中央アジアでは装飾が美しい大きな丸形で平べったいパンを食べているのだが。ここではどうなのだろう。

「ああ！　そうだったわね。昨日焼いたのよ。少し待っていて」

昨日ちょうどパンをたっぷり焼いたのだという。

ドーラはすぐさま家の中に入っていき、パンを取りに行った。

「悪かったな」

詩倫の耳元でアルがひっそりと囁《ささや》く。

「なにが？」

「いや、マイラムの言ったこととか……あれは本気にしなくていい。シリンが気にすることはない」

アルと一緒になれ、とマイラムが言ったことを指しているようだ。

「うん……そうだよね。僕と一緒に、なんてアルだって困るだろうし」

詩倫が答えるとアルは複雑そうな顔をする。

（やっぱりそうだよね。僕となんて、アルだって迷惑に決まってる。困らせないようにしなくちゃ）

なんとなく気まずい雰囲気が流れたところでドーラが戻ってきた。

「おまたせ。足りなくなったらまた言って？」

彼女はいくつかのパンをアルに手渡した。

そのパンはやはり詩倫が想像していたとおり、丸くて平べったい、そして可愛らしい花のような文様が入ったパンで、自分がいた世界のものと同じようなものらしいとわかる。

触ると硬い。バターの匂いはしているが、これはこんなに硬いものなのだろうか。

まるで乾パンのような硬さだが、こういうものなのかもしれない。

「ゆうべはパンもなかったんでしょう？　可哀想《かわいそう》に」

同情するようにドーラが言う。

聞くとパンは食卓には必ずなくてはならないものらしい。日本だと白飯にあたるのだろうけれど、昔はともかく今の日本はすっかり多様性に満ちているから必ずしも白飯ではない。しかしここでは食卓にパンがないというのは考えられないようだ。

「でも、干し肉もチーズもあったし、アルの作ったスープもおいしかったです」

「それだけじゃダメよ。やっぱりパンを食べないと。またたくさん焼いておくから、取りに来て」

自分でも焼きたい、とそうドーラに言おうとしたとき、「マイラム、いるかい？　占ってほしいことがあるんだ」と別の客が現れた。

客は中年の恰幅《かっぷく》のいい男で、アルの姿を見て一瞬目を泳がすと、少し引きつったような笑みを浮かべる。

「な、なんだい。アルトゥンベックが来ていたのか。じゃあ、出直すよ。後でまた来る」

そんなふうに慌てて言うと、男はアルを避けるようにそそくさと出て行ってしまった。

失礼な人だな、と詩倫は思ったが、アルはさして気にもしていないようだった。

「なあに、あれ。まったく失礼よね」

けれどドーラは詩倫の言葉を代弁するように憤慨している。

「いいんだ、ドーラ。仕方がないだろう?」

「仕方がないなんてことないでしょう。アルはなんにも悪いことはしていないし、それどころか誰よりもキリチュのために一生懸命頑張っているじゃない。あんな失礼な態度を取るなんて。みんなもっとアルのことを大事にすべきじゃないの。もう部族長になって五年にもなるっていうのに」

「ドーラ、シリンがびっくりしているから」

窘められてドーラは小さく首を横に振った。まだ納得していない、というような仕草だ。ドーラがこのように憤慨しているのはどうやら深い訳があるらしい。あの男がアルを避ける理由がそこにあるのに違いなかった。

「ごめんね、シリン。せっかく来てくれたのに嫌な気持ちにさせちゃって。お願い、アルを助けてあげてね。アルは本当にいい子なのよ」

ドーラにしきりにそう言われ、詩倫は「アルがとてもいい人なのはわかっています」と答える。心からそう思っていた。

まだ二日しか経っていないけれど、どれだけ自分はアルに助けられたことだろう。何度も彼に助けられた。しかも見ず知らずで記憶もない上、厄介な立場の人間を。

「シリン、そろそろ帰ろうか」

アルが話を切り上げるように、詩倫に声をかけた。

「ドーラ、マイラム、またそのうちゆっくりお邪魔するよ。シリンに色々教えなくちゃいけないから今日はこのへんで。記憶が戻って、シリンがどこから来たのかわかるまでとはいえ、当分ここにはいるわけだし。だったらこっちの生活に慣れてもらわないといけないしね」

「ああ、そうなのね。……じゃあ、シリン、またね。いつでも遊びに来ていいのよ」

残念そうな口調でドーラが言うのを聞きながら、詩倫はアルとマイラムたちの家を後にした。


マイラムの家を出た後、詩倫はアルに連れられて、集落をぐるっと一回りし案内された。

歩いていて感じたのはアルは部族の長だというが、どこか他の人間から遠巻きにされているように見えたことだ。

というのも、アルと行き会ってもみんなろくに挨拶もしないからだ。アルは声をかけているのに、生返事をしたり必要以上の話をしようとしない。

さっきマイラムの家にやってきた男のように明らかにアルを避ける者もいる。

なぜだろう、と詩倫は思った。

「アルトゥンベック！」

そんなときアルを呼ぶ者がいた。

ヘラヘラとしている中年の男だ。体格はいいが、印象はよくない。

「あんたが神の子を連れてきたというが、その子がそうなのか」

言って、不躾に男はじろじろと詩倫の顔を見る。

「はあん、こりゃ本物だ。……あんたのお得意の力でモノにしたってわけか」

ニヤニヤと男は揶揄うように笑いながら言った。

アルは小さく溜息《ためいき》をつきながら、「違う」と答える。

「部族長の集まりの帰りに盗賊に襲われていたところを助けただけだ。それに彼は今記憶をなくしているから預かっているだけで、記憶が戻ればここから出て行く」

「へえ。けど、せっかくの神の子だ、よそ者のあんたと一緒に番っちまえばいいんじゃねえのか。あんたみたいな化け物の子を産んでもらえばいいだろ」

「シムシェク、俺を怒らせたいか」

バカにするような口調の男にアルは冷たく言い放った。

「冗談、冗談だって。本気にすんなよ。あんたを怒らせたら、この集落ごとなくなっちまうもんな。ザファルもおおかた犬に襲わせたんじゃないかっていう話だしな。おー、こわ」

ははっ、と乾いた笑い声を残してシムシェクという男は立ち去った。

ふとあたりを見ると、近くにいた女性たちがひそひそとなにかを囁き合っている。

表情から、おそらくそれほどいい噂《うわさ》ではなさそうだ、というのがわかった。

マイラムのところにやってきた男といい、今の男といい、アルに冷たく当たる者がこの集落には存在することがわかり、詩倫は首を傾げる。

ただ、マイラムの家を後にしようとしたとき、ドーラがしつこく「アルは本当にいい子なのよ」と言っていたのは、きっと今の男たちのような反応をする人間が少なからずいるためだと容易に理解できた。

「悪いな、シリン。気分を悪くしただろう」

アルが窺うように訊ねてくる。

「ううん。僕はなにも」

平気だよ、と詩倫は笑ってみせる。

「それよりアルのほうこそ、あんなふうに言われて大丈夫なの？」

「平気だ。もう慣れっこだからね。それにシムシェクの言うこともまんざら間違ってはいない。俺は確かによそ者だし、見た目もそうだが、あいつの言うとおり化け物だからな」

「え……？」

化け物、と彼は自虐的に口にした。

見た目については、確かにここで見る限り、やはり集落の人間とはかなり違っている。みんなアルのような金色の髪も持ってはいないし、青い目も持っていない。

そういう点で言うと、異端と言えば異端である。

「シリンにはゆうべ俺の父親が部族長だと言ったと思うが」

詩倫は頷く。

「さっきの男——シムシェクが言っていただろう。ザファルというのは俺の父親の名だ」

そのザファルという彼の父親の跡を継いで、アルは部族長になったとそう聞いた。

「俺はザファルがどこかから連れてきた……要は捨て子だった。だからザファルは本当の親ではなかったんだが、俺のことを実の子のようにとても可愛がってくれた」

アルをここへ連れてくる少し前、部族長のザファルは妻と子をいっぺんに亡くしていた。

ザファルのはじめての子は難産で、そして彼の妻も出産に耐えることができず、結果二人とも亡くなってしまった。

ザファルは毎日悲しみに暮れていたが、ある日ハーボへ商売に出かけていったかと思うと、一人の赤ん坊を連れて帰ってきたという。それがアルだったということだ。

彼の妻が好きな布を探しに行ったということだが、持ち帰ったのは布ではなくアルだったという。ザファルは「妻が代わりにこの子を育ててと言っている」と、周囲の反対を押し切ってアルを育てたのだ。

どこで拾ってきたのか、と誰かが訊ねてもザファルは神様からの授かりものだとだけ言って、それ以上はけっして口を割らなかったらしい。

「ザファルは本当にいい父親だった。やさしくて厳しくて強い。そして俺を愛してくれた。こんなに見た目も違う……明らかに人種も違うんだが、それでも」

父親のことを目を細めながら話すアルはとてもやさしい顔をしている。きっと彼の父親は彼のことをすごく慈しんで育てたのだろう。

「俺にはここの人たちとは見た目だけじゃなくて、別のもっと大きな違いがある。さっき、マイラムたちから能力者という言葉を聞いただろう？」

詩倫は頷く。

自然の力を借りることができる能力者という存在がこの世界にはあると聞いた。

するとアルはふいに指笛を鳴らした。独特の音。

この指笛の音色は、詩倫を助けてくれた夜、夜盗が襲ってきたときにも聞いた。ただ、旋律や音色がそのときとは少し違っているが。

指笛を吹き終えたとき、どこからか犬が数匹姿を現す。

アルはその犬たちとなにやら語り合うように、小さな声で囁き、犬のほうもアルの言うことを理解しているのか、頷くような仕草を見せていた。

「アル……？」

詩倫がアルの名を呼ぶと、彼はにっこりと笑う。

「実は、俺も能力者でね。動物たちと心を通じ合わせたり、彼らの力を借りたりすることができる——特に犬の力をね」

そう彼は言った。

「いわゆる動物使い、というか、俺の場合は犬使い。……だから、集落の者はザファル以外、昔からみんな俺を敬遠していた」

アルが言うには、彼には動物に共感し、使役する力があるという。特に親和性の高いのは犬だそうだ。犬はアルと一緒に暮らすことができるため、より一層心を通じ合わせることができるとのことだった。

ウルクがアルととても仲がいいのはそのためらしい。

狼も力を貸してくれるが、彼らは人に寄り添わないため、常に傍にいるわけではない。ただ、近くにいればアルに力を貸してくれるのだとそう言った。

その話を聞いて、やはり詩倫はあの夜のことを思い出す。

あのとき彼は指笛を吹いた。すると、狼が数匹夜盗の馬を蹴散らしてくれたのではなかったか。しかもその後で、アルは「彼らが見回りをしてくれている」と言っていた。

ということは――。

「もしかして、この前狼が助けてくれたのってアルのその力のせい、ってこと？」

「ああ。……だから、みんなこの力を持っている俺を怖がっているんだ。俺を怒らせると犬が襲ってくる、ってね」

「どうして……？　アルはむやみにその力を使ったりしないでしょ？　なのに怖がるって。それにだったらどうしてアルを部族長にしたの」

詩倫の知るアルは特別な力があるからと、ひけらかしたりはしないし、本当に肝心のときにだけ使う人だ。現に、一番はじめに詩倫を助けてくれたときには彼自身の剣と弓で暴漢たちと渡り合っていた。

詩倫の言葉にアルは困ったような笑い顔を見せる。

「それこそ俺が怖くて追い出すこともできないからだ。部族長になったのは俺がここで一番強いから。強い者が長になる。ここではそれがルール。それだけの話だ」

「ルール……」

詩倫にはそれ以上アルにかける言葉がなかった。思っていたよりも寂しい環境にアルが置かれていたことに悲しくなると同時に、こんなやさしい人を周りが誤解していることにもやもやとしたなにかを覚えてしまう。

「シリンは嫌じゃないか？　こんな力を持つ俺を」

聞かれて詩倫は大きく首を横に振った。

「嫌だなんて、そんなわけない。僕はアルがわけもなく暴力を振るわないのをわかってる。それにマイラムやドーラだってアルのことを好きで、そして信頼しているからよくしてくれるんでしょ。僕、さっきドーラにアルは本当にいい子だからって言われたんだもの」

「ありがとう、シリン」

「アルはなんの役にも立たない僕のことを助けてくれたじゃない。放り出してもおかしくなかったのに、ここまで連れてきてくれて……人買いに売られずにすんだ」

言いながら、詩倫はなんだか悔しい気持ちになる。

いくら多くの者たちにはない能力を持っていたからといって、また自分たちとは異質な見てくれを持っていたとして、それを嫌悪するいわれはない。

そうか、と詩倫はマイラムがアルと一緒になれば、と言ったことの理由を少しわかったような気がした。

ひょっとすると、アルが今まで誰とも結婚していないのは、犬使いという能力のせいなのかもしれない。噂を聞いて敬遠する者もおそらくいたのだろう。

だからなおのことマイラムは詩倫に願ったのだ。

（神の子が能力者と番うと、能力者の子が生まれやすいって言っていたし……）

怖がられても能力者という存在が部族にとっては喉から手が出るほど欲しい存在だというなら……。

なんて悲しいんだろう。

詩倫は悲しくて仕方がなかった。それと同時に悔しさも込み上げる。

またアルの気持ちを考えると、身勝手な人たちに怒りさえ覚える。きっとアルも同じようにずっと悩んでいたのに違いない。

なのに平気な顔をして、部族のために尽くし、なおかつ部族長まで務めている。

どれほどの辛い気持ちを彼が抑えているのか。

込み上げた様々な気持ちが詩倫の目に涙を滲《にじ》ませた。

ぐす、と小さく洟《はな》を啜る。

「泣かないで」

アルは指で詩倫の涙を拭《ぬぐ》った。こんなにも彼はやさしいのに、人に疎まれているのはなんて理不尽なことだろう。

「だって、アルはなにも悪くないのに」

「シリンがわかってくれたらそれで十分だ。それにシムシェクのようにあからさまに俺のことを毛嫌いする人間はごく一部でそう多いわけじゃない。——さ、行こう。ドーラにパンももらったし、もう太陽があんなに昇っている。昼飯にしよう」

にっこりと明るい笑顔を詩倫に見せた。

本当にやさしい人なんだ、と詩倫は見た目だけでない、彼の心の美しさに感激する。

高校生のときに両親を亡くしてから、常に人の顔色を窺って生きてきた。周りの人たちはみんな、詩倫に気を遣ってくれたが、どこかやはり厄介者扱いされている感じは否めなかった。だからアルトゥンベックが見せた詩倫を癒《い》やすような笑顔に胸が詰まる。

泣かないで、と言われたからぐっと涙を堪《こら》える。

強くてやさしい人だ、と詩倫は改めて思った。

眩しい太陽の光がアルの髪の毛をさらに輝かせて、キラキラとしている。本当にきれいだ、と詩倫はうっとりしながら彼を見つめた。

帰る道すがら、《能力者》のことについてアルは詳しく説明してくれた。

《能力者》の持つ能力には様々なものがあるという。

アルの場合は動物に共感できて、気持ちを通じ合わせることができるという。だから病気や怪我をした動物をいち早く見つけることができるなど、やはり羊や馬や牛、そして鶏といった家畜を効率よく育てることができるのだそうだ。

ただキリチュでは能力者はアルトゥンベックだけで、だからよけいに人々から距離を置かれるらしかった。

家に戻ると、アルが炊き込みごはんを作ってくれた。肉や豆などを入れたピラフのようなもので、かなりしっかりとした味だ。羊や牛の脂を多く使っているせいで、少し脂っこいが、とてもおいしい。

もう一品はトマトときゅうりのサラダ。酢と青唐辛子を刻んだものが散らされていて、さっぱりしている。炊き込みごはんで脂っこくなった口の中がこのサラダですっきりできていくらでも食べられる。

どれも香草やスパイスがアクセントになっていて、料理には結構脂を使っているだろうけれど、胃もたれするようなことはなかった。

「おいしい！」

目を輝かせて詩倫が言うと、アルは満足そうに笑った。

「うまいものを食べさせる約束だったからな」

お世辞抜きに、本当においしい料理だ。すっかり炊き込みごはんとサラダばかりを食べ続けていたが、ドーラからもらってきたパンがあることを忘れていた。

元がパンに携わっていたため、キリチュのパンには興味津々だった。そのためわくわくしながらアルが切り分けてくれたパンを手に取り、一口囓る。

「…………」

すごく……すごく期待をしていただけに、その味はかなり微妙で思わず喉を詰まらせそうになる。飲み込むまでにややしばらくかかった。

(どうしよう……これは……)

けっして激マズというわけではない。たぶん、材料はとてもいいものだろうと思う。粉は悪くない。バターだってすごくいい香りで、これだけでも随分おいしいのだと思う。

でも——生地がカチカチで酸っぱくて、その上膨らみが足りなくてとても硬い。硬いというか嚙みちぎれない。そして、嚙んでも嚙んでもいつまでも口の中に残るのだ。

けれどアルを目の前においしくないとは言えない。

かつて詩倫の両親が中央アジアに頻繁に行っていた頃、そこのパンがすごくおいしいと褒めちぎっていた。防腐剤などを使っていないから、日本に持ち帰るとカビて大変なことになるので持って帰ることができないのが残念だと言っていたくらいに。

詩倫の両親の味覚はごくごく普通だ。詩倫がおいしいと思うものは同じくおいしいと言い、詩倫がおいしくないと思ったものはおいしくないと言う。

そしてパン職人だった者として、ありとあらゆる可能性を考え——ドーラはパン作りが上手くないのでは、と思い至る。

けれどもしかしてこのパンが彼らにとってのスタンダードで、これをおいしいと思っているのだとしたら、そんなことは口が裂けても言えなかった。

ちら、とアルを見ると、アルはパンを細かくちぎってお茶に浸しながら食べていた。やはりそのまま口に入れたのでは食べにくいのかもしれない。

「あっ、あの……アル」

「ん？　なんだ？」

「あの……このパンって、いつもそうやってお茶に浸して食べているの……？」

おずおずと聞くと「ああ」と当然のように返ってきた。

「どうしてそんなこと？　これだけ硬ければそのまま食べるのには向かないだろう？」

「う……ん。キリチュの人たちはこういう硬いパンをいつも食べているのかなって」

「そうだな。これが普通だと思っていたから、不思議には思わなかったが……。ああ、そういや、前に都の市場でものすごくうまいパンを食べたことがあるな。スープやお茶に浸さなくても、ふわっとしたパンだったが。あんなのを作れるような人はキリチュにはいないだろう」

アルもこのパンは硬いと思っているようだった。そしてもっとおいしいパンのことも知っている。

だったら、と詩倫は意を決して口を開いた。

「あっ、あのね、アル」

今自分にできるのはこのくらいだ。もし、作ってみてみんなの口に合わなければ仕方がないが、アルはふわっとしたパンがおいしかったと言っている。そんなパンを自分が作ってみせたら、彼は喜ぶだろうか。

「僕……パンを作ってもいいかな？」

詩倫がそう言うと、アルは一瞬目を瞬《しばたた》かせた。

パンを作ったことがある、とアルに言うと彼は、もしかしたらなにか思い出すかもしれないからと快く「いいよ」と言ってくれた。

「パンを焼くことはなかったけれど」

父一人、子一人の暮らしではパンを焼くことはなく、マイラムや集落の他の人たちに分けてもらうことが常だったようだ。

アルもかつてはパンを焼くことにチャレンジしてみたようだが、失敗してしまい、それ以来作ったことがないらしい。

それでもパンを焼くだけでなく肉を焼いたりもするので窯は使っている、と詩倫にパン焼き窯の使い方を教えてくれた。

窯は壺《つぼ》型で粘土製の窯だ。タンドール窯というインドのナンを焼くときに用いるのと同じようなものになる。

詩倫はタンドールで実際にナンを焼いたことはないが、インド料理店でナンを焼くところを見ていたことはある。生地のレシピは両親が残してくれた本の中に書いてあって、ベーカリーに勤めるようになったときにいつか作れたら、となんとなく覚えていた。

だからたぶん作ることはできるはず。少なくとも、このカチカチのパンよりはいくらかましなものができるはずだ。

「欲しいものがあったら言ってくれたらいい。用意する」

そうアルが言ってくれたので、粉と砂糖、塩にバター、と伝えたがその前にやらなくてはいけないことがある。

「ごめん。パンは今日は作れないかな。まず……パン種を作ってからになるから」

「パン種？」

「うん。おいしいパンを焼くには、いいパン種をまず作らないといけないんだけど、それをちゃんと作るには五日以上かかるんだ。いい種ができたら、おいしいパンになるんだよ。それまでなにか代わりになるものがあればいいんだけど……」

詩倫は台所をうろうろとうろつき回った。

「アル、これはなに？」

瓶を掲げて訊く。

「ああ、それは古くなった発酵乳だ。が――それはもうおいしくないかもしれないな。発酵が進んでしまっている。飲んでも問題はないと思うが」

発酵乳は彼らにとって大事な飲み物である。これで腸内環境を整え、ビタミンなどを補う。確かモンゴルやキルギスなどでは馬の乳を発酵させたクムスという馬乳酒を好んで飲んでいる。動物の乳を発酵させるのは、放牧の文化があるところならではだろう。

だがアルが発酵乳と言ったそれは、少し発酵が進みすぎて、プチプチと細かい気泡が沸いていた。

しかし、飲むには適さなくてもこれなら……。

「ねえ、アル、ふくらし粉ってあるかな」

「ふくらし粉？」

「うん。ふくらし粉があれば、とりあえずパン種がなくても、この発酵乳でパンが焼けると思う」

やってみたい、と詩倫は言った。

「ふくらし粉か……ドーラに聞いてみよう。少し待っていてくれないか」

わかった、と言うと、アルはすぐさま家を飛び出した。

それほどしないうちにアルは帰宅し、布の袋に入ったものを詩倫に手渡した。

「ドーラに『なにに使うの』と訊かれたよ。本当にこれでパンが焼けるのか？」

「うん。大丈夫だと思う」

ボリュームのあるパンはできないが、インドのナンやピザ生地のようなものなら可能だ。特にタンドール窯に適している。

パンを焼く粉はアルに訊くと麵《めん》を打つときの粉があるという。麵を打つなら中力粉だろう。だとすればやはりナンのようなパンは焼けるはずだ。

人肌に温めたミルクにバターを溶かす。発酵乳も同じくらいの温かさにして混ぜておく。粉とふくらし粉、そして砂糖と塩ひとつまみを混ぜたものに発酵乳入りのミルクを入れて粉を捏ねる。ゆるめの生地でベトベトしているが、捏ねているうちに生地がまとまってくる。捏ね続けて生地が耳朶《みみたぶ》くらいの硬さになったら丸めて温かい場所で寝かせる。

今はまだ外の気温が高めなので、乾燥しないように濡れた布にくるんで、日当たりのいい場所へ置いておく。

ふくらし粉を使っているので、寝かせる時間は短くてもいい。

窯に火を入れて熾《おこ》ったところで、たぶんちょうどいい時間になると予想し、アルに手伝ってもらいパンを焼ける状態にした。

生地の状態を確認し、切り分けて丸めて伸ばす。そうしていよいよ窯へ。

窯の壁へ生地を貼《は》りつけ。そして数分。ふっくらと生地が膨らみ、焼き色がついたらできあがりだ。

窯の中はとても熱いため、棒のようなものでパンを剝《は》がした。

ドーラのパンとは違って、なんの装飾模様もない素っ気ないパンだが、バターの香りと小麦の香りはアルの興味を引いたようだ。

じっと焼きたてのパンを見つめている。

「アル、どうぞ。焼きたてだし、ドーラのパンとは違う味だけれどたぶんおいしいよ」

短時間で火を通すパンなので、平たいピザやナンのような形状だ。

アルは詩倫からそれを受け取ると、まじまじと見た後にちぎって口にした。

「――おいしい……！」

驚いたとばかりに目を見開くと、アルはそう言った。

「ほんと？　おいしい？」

詩倫は聞き返す。

「おいしいよ。本当においしい。ドーラには悪いが、比べものにならない」

笑って言う。そうしてあっという間に一枚食べきってしまった。

「よかった……！　アルに喜んでもらえてうれしい」

詩倫がホッとして表情をやわらげると、目の前のアルも口元を緩める。

「シリンは笑っているほうがいい。パン作りをしているシリンはいい顔をしていた。楽しいんだなと思ったよ」

「そう?」

「うん、生き生きとしていた。そのほうがずっといい」

アルの言うとおり、発酵の具合を探ったり、生地を捏ねたりする作業はとても楽しかった。ただ彼のために夢中でパンを作れたことは詩倫にとっても幸せな時間だった。

「僕、パンを作るのは得意だったみたい。それにアルが喜んでくれるならって思って作っていたから……」

「きっと記憶をなくす前もこうしてパンを作ってたんだろう。こんなにおいしいパンを作れるなんてシリンはすごい」

褒められすぎてくすぐったくなる。以前……仕事では毎日朝早くから作り続けて、辛いと思ったことも一度や二度ではない。けれど食べてくれるお客さんがおいしいと言ってくれるその顔が見たくて続けていた仕事だった。今こうしてアルがうれしそうに食べてくれて、やっぱり作ってよかったと詩倫は思う。

「僕、もっとおいしいパンを作るね。パン種ができあがったら、もっとおいしいパンをアルにごちそうするから」

自然と笑みがこぼれる。うれしくてもっと頑張ろうと思える。

「ああ、楽しみにしてる」

ぶっつけ本番でやってみたが、まあまあ悪くはなかったようだ。これならパン種ができるまでの間、しのぐことができるだろう。

二人でできあがったパンをおいしいと言いながら食べる。それはとても幸せで、焼きたてのパンと同じくらい温かい気持ちだった。

アルとの暮らしがはじまり、慣れるにつれ、思ったとおり地球でいうところの中央アジアの文化圏に似ていると詩倫は感じる。

やはりとても魅力的で、両親が研究したがったのもよくわかると感じていた。

アルはとてもやさしく、丁寧に詩倫に自分たちの暮らしについて教える。詩倫も両親が共働きだったこともあり、家の仕事はそれなりにしていたからできることは手伝った。

彼は知識も豊富で、詩倫に様々なことを教えてくれるのだった。特に薬草には詳しいようで、あちこちで摘んでは「これは傷にいい」とか「これはお腹の薬」と詩倫に説明する。

「マイラムに教えてもらったからね」

そう彼は謙遜《けんそん》するが、けっしてそれだけではない。こういう人柄もアルの魅力だと思う。

青空の下で羊たちと過ごし、狩りをして羊と帰る。

小さな畑を耕して食べる分だけ作った野菜と、狩りで得た獲物で食事を作る。

穏やかでやさしい暮らしに詩倫は一気に夢中になった。

今日はアルについていって、放牧の手伝いをしている。といっても、手伝いというよりもウルクと遊んでいるだけだが。

しかし彼の仕事ぶりは惚れ惚れするほどだった。いくら素人でもアルの乗馬技術の素晴らしさはわかる。

羊たちに効率よく十分に草を食べさせるために、彼は馬を操って羊を追い回していく。

小気味よく馬を右へ左へ走らせながら、あっという間に羊を追い立てた。

おまけに羊を放している間、彼はぼんやりしていることはなかった。ウサギや鳥を見つけるなり、すぐに弓で捕らえてしまう。

まるで草原を支配している王のようだ、と詩倫は見とれてしまう。

馬と一体になり、金色の髪をなびかせて野を駆る姿はまさしく王だと思えてならない。

（わ……あ、なんて……きれいなんだろう）

詩倫の心臓がドキドキと高鳴った。

マイラムやドーラにせっつかれたせいかもしれないが、やはりどうしても意識してしまう。自分とは大違いの引き締まった筋肉も、端整な顔立ちも。

はじめて助けてもらったときに抱きしめられたあの腕の感触をふと思い出して、詩倫はごくりと息を呑んだ。

(アルは……僕を……伴侶に……お嫁さんにしたいと思うんだろうか)

男でも子をなすことのできる身体——ということは、どう考えてもその行為をしなければ妊娠などしないわけで、だとすると本当に彼が子どもが欲しいと願うなら交わらなければならない。

だとすれば果たして彼は自分を抱こうと思うのだろうか。

詩倫は前の世界でも、そしてこの世界でもアルだけでなく、キリチュの男たちに比べると本当に華奢《きゃしゃ》な身体つきだ。男だけでなく、少年たちにももしかしたら劣るかもしれない。

多少はこの地にいる者らしく、うっすらと筋肉はついているものの逞《たくま》しさにはほど遠い。

キリチュに来てそろそろ一週間になるが、彼との生活はまだやっぱり遠慮がちで、それに彼は詩倫のことも弟のようなものとしか思っていないのかもしれない。

「シリン、ウルクと少しここで待っていてくれないか。このあたりはもう草が少ない。少し遠くまで羊を放そうと思う」

「うん、平気。ウルクもいるしね。ウルクと遊んでいるよ」

「ありがとう。じゃあ行ってくる」

「行ってらっしゃい」

詩倫がそう言うと、アルは「お土産を持ってくる」と言って、馬を走らせた。見る間にアルの姿が小さくなる。

「お土産ってなんだろうね、ウルク」

ワン、とウルクが尻尾を振りながら詩倫にじゃれつく。

「ねえウルク、おまえのご主人様はすごくすてきだよね。あんなかっこいい人、そうそういないよ？　はじめて会った日、アルとウルクが現れたときすごく見とれちゃった。本当にあんな人いるんだなって。それにここも――すっごくすてきなところだよね。僕、ここに来られてよかったなって思ってる」

元の世界ももちろん悪くはなかった。なにからなにまで揃う便利な暮らし。車が走っていて、電車や飛行機や船でどこまでも行くことができる。電話があって、離れていてもインターネットで顔を見ながらリアルタイムで話すことだってできる。

ここは確かに自ら食べるものは自らで狩り、育て……それには様々な苦労もある。獲物が一匹も見つからないことも、飼っている羊や牛を失うことも、それから育てた作物がうまく育たないことも。

けれどこうして自然とともに暮らしていると自分は自然に生かされているのだなと実感することができる。それはなんという幸せなことなのだろう。

「アルに会えてよかった。……ウルクもありがと」

答えるようにウルクがワンと一声上げて詩倫に飛びついてくる。ふかふかの毛皮を抱きしめ、ウルクとじゃれあいながら詩倫はアルが帰ってくるのを待った。

雲が青い空を流れていくのを見ていると、あっという間に時間が過ぎる。

乾いた風と大地にゆれる草、遠くに見える万年雪を抱えた山。

両親が眠った場所もここと同じくらい美しいところだといい。

なぜか自分は魂だけこちらに来てしまったけれど、両親が憧れていたようなところに今いるのが不思議でならなかった。

広い草原にぽつんといるのが贅沢《ぜいたく》なような寂しいような気がして、ふいに詩倫は涙をこぼした。

なぜ涙が流れたのかはっきりとはわからない。もう元の世界には戻れないからなのか、それとも両親のことを思い出したからなのか。

生活が落ち着いて悲しみや寂しさを受け止める余裕ができたせいなのかもしれない。心の痛みを感じる余裕が。

ウルクが慰めるように詩倫の傍につきっきりになってくれたが、涙は止まらなかった。

「シリン、どうした。なにがあった」

いつの間にか、アルが戻ってきていた。

心配そうに詩倫の顔を覗き込んでいる。

「う、ううん。なんでもない。ごめんね、心配かけて。なんかよくわかんないけど……急に涙が出てきて。そしたら止まらなくなっちゃって」

慌てて安心させるように笑顔を作った。けれどどうやらそれは無理に作ったせいで、随分歪《ゆが》んでいたのだろう。アルはぎゅっと詩倫を抱きしめる。

「アル……？」

顔が近い——と思ったら、彼の唇が目元に寄せられた。詩倫の流した涙を吸い取るように口づけられて、詩倫は身体を硬くする。

「ア、アル……っ」

なにをされたんだろう、と一瞬パニックに陥り、そして彼の端整な顔が間近にあってよけいに驚いた。

「涙は止まった？」

「う、うん」

涙は止まったが、今のはなんだったのだろう。心臓がドキドキと速く大きな音を立てていて、なにも考えられない。

「涙が止まったならよかった。昔……父さんが、俺が泣いて、泣き止《や》まなかったときはこうしてくれたから」

そうなんだ、と納得したと同時に、少し残念なような悲しいような気持ちになってしまう。アルは親が子どもにするようにしてくれただけなのだ。

もしかしたらアルは自分のことを……なんて、ちょっぴりでも思ってしまった自分がバカみたいだと自己嫌悪に陥る。

「シリン、お土産だ」

複雑な気持ちで彼の唇が触れた場所に指を触れさせていると、アルがなにかを詩倫に差し出した。

「え……これ……」

それはとても可愛らしい花冠だった。菫色がきれいな小さな花で作られている。

「シリンに似合うと思って。羊が好きな草があるところに花畑があるんだ。シリンが馬に乗れるようになったら連れていくけれど、それまではこれで我慢して」

言いながら、アルは詩倫の頭にその花冠をのせた。

え、え、と詩倫は戸惑う。花冠だなんて、生まれてこの方のせられたことなんかない。

けれどアルは「似合うよ」とにっこり笑うのだ。

「ほら、この花と葉の色はシリンの目の色と同じだろ？」

菫色と緑色の目を覗き込まれる。

気恥ずかしいようなうれしいような、ついさっきまで複雑な気持ちで落ち込み気味だったのが嘘のように晴れていく。

「僕……男だけど」

ぼそりと言うと、アルは首を傾げる。

「ああ、そうだね」

そんなのわかっている、とアルは不思議そうな顔をした。

「シリンはシリンだ。きれいでパン作りがとっても上手な。それで？」

だからどうしたの、とアルはじっと詩倫を見つめる。彼の答えは自分を性別で括るとか、みんなの言う神の子という特別なものとか、そういうものではなく、詩倫という一人の人間として認めてくれているような気がして……だから詩倫に花冠が似合うとのせてくれたのも彼にとっては普通のことなのかもしれない。それが詩倫にとってはとてつもなくうれしいものだった。

「――ううん、なんでもない」

「本当によく似合う。シリンの目の色はきれいだからな」

なんのてらいもなくそう言われて、詩倫の心臓がトクン、と高鳴った。そしてどうしようもなく心がざわついてしまう。高鳴る心臓の音を聞きながら、そうか、と詩倫は思う。

(僕……アルのことが大好きなんだ……)

自覚すると、どうしていいのかわからなくなって、ただ顔を赤くすることしかできなかった。


「おはよう、シリン」

隣のドーラが詩倫のことを気にかけて、毎日のように訪ねてきてくれる。

なにしろ中身はまだここことは別世界の日本人である。家電に囲まれた生活で便利に暮らしていた自分としてはなにからなにまではじめて尽くしなのだ。

だから詩倫はドーラには家事を色々と教えてもらっていた。今日もこれからドーラと出かける。

「シリン、あのねアルにも言っておいたんだけれど」

今日は洗濯の日ということで、洗濯場に詩倫を案内しながらドーラは口を開いた。

「あなたたちはまだ全然そんな気がないというのはわかっているんだけど……嘘でもいいから、表向きは一緒になった、ふうふになったたって言っておいたほうがいいと思うの」

もちろん、とドーラは続ける。

「実際はどうでもいいの。でも、この集落の人たちには建前でもそういうことにしておくほうがね」

ドーラは真顔だった。いつもニコニコとしている彼女がそんなふうに言うというのはよほど考えてのことだと思う。詩倫は頷いた。

「……アルはなにか言っていましたか」

「アルはそれでいいと言っていたわ。アルだってバカじゃない。私がこんなことを言うのはシリンのことを心配してるからだって、アルもわかってる。シリンは記憶がないというしわからないかもしれないけれど、やっぱりあなたは《神の子》なんだし、いくらアルのところにいるからと言っても、ふうふでなければ手を出す男たちがいないとも限らない。ふうふになっていれば、不貞を働いた者は罰せられるからそういう危険を冒す者は減るでしょう。アルと一緒になる、と言っておけば牽制《けんせい》になる。そういうこと」

こういうことを言わなくてはいけないというのも嫌なものだけど、とドーラは小さく溜息をつく。

アルは部族一の馬と剣の使い手で、弓も上手い。狩りをさせても獲物を捕らえるのがうまく、また長老に引けを取らないほどの知識もある。アルに勝てる者などいない。

その彼の伴侶に手を出せばどうなるか、やたらな男はその報復を考えると迂闊《うかつ》なことはしないだろう、ドーラはそう言っているのだ。

理解している。詩倫も自分がどういう存在なのか、痛いほどよくわかっていた。というのもアルと一緒にいないときに、じろじろと不躾な視線を向けられたことが何度もあった。

「僕も……アルがそれでいいなら、全然構いません。アルには迷惑ばかりかけて申し訳ないけど。ドーラにも……いつもすみません、ありがとうございます」

「なに言っているのよ。私はシリンが来てくれてよかった、っていつも言っているでしょ。アルだってきっとそうよ。アルは若い女の子から好かれることもあるんだけどね、やっぱり能力者ってことと、あの見た目でしょ。いくらかっこよくても結婚するとなると違うのね。今までまったくいい縁がなかったの。けど、考えようによっては、シリンに出会うためにずっと独りでいたのかもね。やっぱり精霊がそう仕向けていたのよ」

ふふ、とドーラは茶目っ気たっぷりに笑う。

「アルはすごくかっこいいのに、今までお嫁さんが来なかったなんて信じられない」

「まあ……そうね。人はやっぱり異質なものは排除しなくちゃって思うのかもしれない。そのくせ都合のいいときだけ利用するのよね。狡《ずる》いったら。けど、もうシリンも来てくれたし、ね？」

「もう！　ドーラったら、また」

「だって気になるでしょ。本当のところどうなのかなって。シリンはこんなにきれいだし、アルは手を出さないわけ？　本当になになにもないの？」

「な、なにもありません！」

真っ赤になって答えると、ドーラは、あははと大きな声で笑った。

「なんだ、つまんない。――あ、ほらあそこが洗濯場。さ、洗濯するわよ」

洗濯場には集落の女性たちが集まっていた。

キリチュの女性たちにとって洗濯場というのは社交場だ。ここで様々な情報を交換し、女性たちの絆《きずな》を育む。

詩倫の姿を見ると、洗濯をしている女性たちは一斉に今までしきりにしていたおしゃべりをやめた。

ドーラはちょっとだけ眉を寄せると、すう、と大きく息を吸った。

「シリンよ。アルトゥンベックのお嫁さん。婚礼は今マイラムがいい日取りを占っているから、それから決めるけど、これからキリチュの民になるから仲よくしてやって」

朗らかにドーラは彼女たちに向かってそう言った。

「その子が神の子かい？　ドーラ」

女性たちの中でも年かさの一人が声をかけた。

「そうね。たぶんそう。マイラムがそう言っていたわ」

キリチュではマイラムの言葉は絶対のようだ。はじめ胡散臭《うさんくさ》げにしていた多くの女性たちはドーラの言葉を聞いて表情を変える。

ふうん、と声をかけた女性はじろじろと詩倫を品定めするように見ていたが、「マイラムが言うんじゃ本当のようだね」と小さく頷いていた。

「どこの部族の出身だい？」

訊かれて詩倫は言葉に詰まる。

「僕は……」

説明しようとするとドーラが横から口を挟んだ。

「シリンは可哀想な子なのよ。盗賊に襲われて怪我をしたせいで、記憶をなくしてしまったの。そこに通りかかったアルトゥンベックが盗賊を蹴散らしてね、それでシリンを引き取ってきたってわけ。草原にこんな可愛い子置き去りにできないでしょ。まったくシリンが盗賊の手に渡らなくてよかったわ。ひどい目に遭うところだったかもしれないしね」

立て板に水というようなドーラの流暢《りゅうちょう》な説明に、女性たちはふうんと興味深げに聞き入っていた。

「そうだったのかい。あんた記憶がないの？」

「はい。なにもわからなくて。でもアル……アルトゥンベックが僕を助けてくれたので、ここでお世話になることにしました。よろしくお願いします」

詩倫は女性たちに向かって大きく頭を下げた。

日本では頭を下げるがここではどうなのだろう。でも、そんなことを考えている余裕などなかった。

女性たちはまだ詩倫へどう接していいのかわからないらしい。いささか困惑しているように互いへちらちら視線をやっていた。

「それからね」

ドーラが女性たちに向かってにっこりと笑う。

「聞いてよ。シリンはパン作りの名手なのよ！　昨日、シリンの作ったパンを食べたんだけどこれがおいしいのなんのって！」

　パンの味を思い出したようにうっとりとした口調のドーラに女性たちは耳を傾ける。

　昨日、ようやくパン種ができたのだ。

　干したいちじくと干しブドウがちょうどアルの家にあったので、それで詩倫はパン種を作ることにした。干すと甘みが強くなるいちじくやブドウは、発酵させるのに最適で、日数はややかかるものの難なくパン種ができる。

　それを使って、早速パンを焼き、マイラムの家に持っていったのだ。

　するとマイラムもドーラもユースフもみんな目を丸くしたのである。特にマイラムは年のこともあって、硬いパンはやはりなかなか食べづらくなってきている。そのため詩倫の作ったパンはいたく気に入ったようだった。

　ドーラの言葉に詩倫のパンへ興味を持った者もいるようだが、まだまだ不審な目で詩倫を見ている者のほうが多い。

「そんなにおいしいなら、食べてみたいもんだけどねえ」

　さっきも話しかけてきた年かさの女性が詩倫に言う。

「あっ、あの、よかったら……！　僕、いくらでもパンを焼きますから」

「そう？　じゃあ食べさせておくれよ」

ズケズケとした物言いだが、あっけらかんとしていて、悪い人ではなさそうだ。ドーラがなにも口を出さないのがその証拠だと思う。

「わかりました。明日……明日ならたくさん作れます」

詩倫に話しかけてきた女性はニーサという名前らしい。後でドーラから聞いたところ、頼りになるキリチュの肝っ玉母さんといった女性とのことだった。

ニーサが話しかけてくれて、実はドーラは内心で「これで大丈夫」と思ったらしい。というのも、ニーサの言うことは女性たちにかなり影響力があるとのことで、彼女に認められたら女性たちはみんな詩倫を受け入れてくれるはずだ、と。

後からドーラに「気に入られないってことは考えなかったの？」と訊いたら、彼女はあっけらかんと「シリンが気に入られないわけないじゃない」と言ったのだった。

ともかくニーサが来て詩倫のパンを食べてくれるというので、洗濯を終えて家に戻ると詩倫は一生懸命パンの仕込みをはじめた。

「ああ！　これは本当においしいね！　シリン、あたしにもこのパンの作り方を教えてくれないかい？　これはうちの家族にも食べさせてやりたいよ」

次の日、ニーサがドーラと一緒に昼食がてら詩倫のもとを訪ねてきた。

アルは今日はマイラムのために薬草採取に行っている。その代わりうちの羊はユースフに預けている。

こうして集落の間で持ち回りで羊を預かり放牧に行っている。

近場の草はそろそろ食べ尽くされているので、あと数日もしたら少し遠くまで放牧に行くのだそうだ。それも持ち回りで行うらしい。

「なんてことだ。アルトゥンベックは幸せもんだね！　いや、こんなパンが毎日食べられるとはねえ。シリン、あんたはすごいよ。それにこの肉の煮込みもだ。これもあんたが作ったのかい？」

「煮込みはアルが作ったんですよ、ニーサ。僕はまだ肉をうまくさばけないし、アルの料理はすごくおいしいんです」

「へえ。アルトゥンベックが。いや、これはおいしい」

とても意外だというように目を丸くし、じっくりと皿の中を見る。そうしてあっという間に皿の中を空にした。

「全部お父さんに教えてもらった、って言っていました」

「そうかい。ザファルがねえ……。ザファルはたいそうアルトゥンベックを可愛がっていたからね」

ニーサはなにか思い出しているようだった。きっとアルの父親が生きていた頃のことを思い出しているのだろう。

「それはそうと、あんたが普通の子だってのはよくわかった。いや、普通じゃないね。これだけのパンを作れるんだ。パンの名人だ」

「パン作りならいつでもお教えしますよ。ニーサの都合のいいときに」

「本当かい？　そりゃありがたい。本当にあんたのパンはおいしいよ」

褒められて、詩倫はうれしくなる。真面目に頑張っていたことが実を結んだこと、それからこの世界に来てはじめて誰かの役に立ったことも。

「どうやったらこのパンが作れるのかねえ」

「パン種をちゃんと作って、じっくり発酵させるんです。少し時間はかかりますけどその分おいしいパンになりますよ」

天然酵母のパンは発酵時間が長くなる。ここは保温するためのものがなかったり、冷蔵庫がなかったりするが、キリチュの気候で家の中なら比較的温度が安定している。温度さえ安定していればきちんと発酵できるのだ。

ニーサはふうん、と詩倫の話に頷いていた。

「こんなのも作ってみたので、よかったら召し上がってください」

そう言って、詩倫は二種類のパンをニーサとドーラの前に出した。

ひとつはあんパン。小豆《あずき》に似た豆があり、試しに餡《あん》を作ってみたところ、小豆と大福豆を足して二で割ったようなおいしい餡ができた。それを生地で包んで焼いてみたのだ。

平べったいのでどちらかというとお焼きのような感じだが、意外といける。そしてもうひとつは同じものを小さめに作って揚げた、あんドーナツのようなパン。仕上げに砂糖をまぶした。

二人はそれを口にすると途端に目を大きく見開いた。

「シリン！　なんだいこれは！　とんでもなくおいしいよ」

ドーラとニーサが同時に叫ぶ。どうやら気に入ってくれたようで、二つ目に手を出している。

「あんた、これを作ってみんなに売るといいよ。あたしたちが売ってもいい。ここで食べるだけじゃあもったいない」

力説するニーサに戸惑っていると、ドーラがクスクスと笑う。

「ニーサはすっかりシリンのパンが大好きになっちゃったわね。だから言ったでしょ。シリンは性根がやさしい子だし、そのシリンがこれだけ安心してアルと一緒にいるのよ。もう少しみんなアルのことをわかってあげるべきだわ」

そうニーサにドーラが言うと、ニーサは苦笑いを浮かべる。

「だって、アルトゥンベックは……ほら、動物を操っちゃうんだろ。なんか得体がさ。それにあの子はザファルがどっかからか連れてきて……」

もごもごとニーサが言いにくそうにしながらもそう言う。アルのことを誤解してほしくない、と詩倫は「あのっ」と思わず口を開いた。

「あのっ、アルはすごくやさしいんです……！　本当にやさしくて、誰よりも……自分のことより誰かのことを考えているような人で……。じゃなかったら僕なんか絶対助けてもらえなかったし、ましてやきっと人買いに売られていったと思うんです。アルは……アルだから僕は……！」

必死で詩倫は訴えた。アルのことをわかってほしい。部族長だった父親を尊敬し、怖がられても避けられてもくさらずに部族長として働いている彼のことを。

「………」

ニーサは黙ってなにか考え込んでいるようだった。そうして少しの間沈黙が流れる。

「まあ……アルトゥンベックがザファルが亡くなった後によくやってるのはわかるけど

……やっぱりザファルが死んじまったのもアルトゥンベックを拾ってきた呪《のろ》いだって言う人間もいるからねえ……」

「もう！　そんなことないって、マイラムも言っていたでしょ。関係ないことだって。それにアルがいたからザファルは立ち直ることができたの。そして最期まで部族長として務めを果たしたじゃない」

「そりゃそうだけど。盗賊にやられて死ぬなんて可哀想だったから」

「ザファルが亡くなったことにアルは関係ないわ。盗賊から羊を守るために盾になったのよ。憎むべきは盗賊よ。マリカを失ったときのザファルは今にも後を追いそうだった、ってマイラムが言っていたわ。ザファルがアルを連れてこなければ、きっと元気にはならなかったって。私はまだ小さかったから覚えちゃいないけど、ニーサは知っているはずよ。あのザファルが家から一歩も出てこなかったって。だからアルがいたことはザファルにとってとても幸せなことだったのよ」

「そりゃあ……」

マリカというのがザファルの妻だったようだ。彼女と彼女との間の子を失った後、ザファルはアルをここに連れてきて息子として育てていたのだろう。

二人の話を聞くと、アルの育ての父親というザファルはとてもみんなに好かれていて、それこそ偉大な部族長だったのだというのがよくわかった。それだけにザファルの死を誰かのせいにしたくなったのかもしれない。その矛先がアルだったのだ。

「マイラムは言っているわ。アルがこのキリチュの民になったのも、そしてアルがシリンを連れてきたのも精霊の導きで運命だって。そしてアルとシリンがキリチュを幸せにするんだって。ふたりはこのキリチュにとってなくてはならない存在なの」

ドーラの言葉にニーサも少し心を動かされたらしい。そうだね、と言うと表情をやわらげた。

「こんなおいしいパンと肉の煮込みを作るような子たちに呪いなんかありゃしないね。呪いのほうで逃げていくよ。アルトゥンベックに言っておいておくれ。あんたの煮込みはとてもおいしかったって。今度……一度みんなに振る舞えばいいんじゃないか。これを食べたらきっとみんなもアルトゥンベックを見直すよ。これは伝統的なキリチュの味だ」

アルが留守にしていて残念だ、と思うくらいうれしい言葉だった。

「シリン、またパンの作り方を教えておくれ。特にこの豆のジャムを使ったパン。本当にこれはおいしいねえ」

よほど彼女は豆餡のパンを気に入ったらしい。とても名残惜しそうに残りのパンを見つめている。

「ニーサさん、この残りのパンを持っていってください。アルの分はまた作ればいいから」

「いいのかい？」

ニーサはパッと目を見開き、明るい顔になる。

「ありがとう、シリン。ああ、後で豆と粉を持ってくるよ。もらいっぱなしは申し訳ないからね」

そうニーサは言ったが、後から彼女が持ってきたのは豆と粉だけではなく、貴重な砂糖や塩に抱えきれないほどの野菜と果物。それらはすべて、ニーサとニーサの夫が担いでやってきた。そして――。

「アルトゥンベック、よかったらうちに来ないか。一緒にメシをどうだ」

うれしい誘いにアルは驚き、信じられないとばかりに彼らをじっと見た。

「おいしい煮込みのお礼だ。アルトゥンベックがあれだけの料理を作れるとは思わなかった。うちのニーサにも負けない」

肉の煮込みは要するに日本で言う味噌汁《みそしる》のようなもので、それぞれの家庭の味が受け継がれている。そして上手く作れる者は尊敬されるのである。というのも肉の下ごしらえが肝で、下ごしらえをきちんとしないと、雑味が出ておいしくないのだという。そのため上手く作れるということはそれだけ丁寧で手抜きをしない、という人間性に繋がるとも言われていた。アルの煮込みはどうやらニーサたちのお眼鏡《めがね》にかなったようだ。

また食事に誘われることは、親しく付き合いをする、という意思表示になる。ニーサたちが誘ったということは、彼女たちに認められたということに繋がる。

その夜はニーサたちの家でアルと二人、朝方まで飲み明かしたのだった。


ニーサの家の食事に二人で誘われてから、周囲の反応が色々と変わってきた。

「シリン！　うちでお茶でも飲んでいかないかい」

洗濯場で知り合った女性たちにお茶に誘われたり、アルも一緒に食事に誘われることも増えてきた。

「シリンのパンは本当に天下一品だ。この間、教えてもらったあのふわふわのパンを子どもたちに食べさせたら、やみつきになっちまってねえ」

時間のあるときに女性たちにパン作りを教え、また多く作ったパンは近所に分けることもあった。次第に詩倫のパンは評判になり、頼りにされはじめたのだ。

それは元の世界では味わえなかった充足感。

（うれしい……真面目に仕事をしてきてよかった……）

まさかこんなところで自分のスキルが役に立つとは思わなかった。天然酵母の作り方も、前の職場では求められていなかったが、少しでもおいしいパンをと一人で勉強を続けていたのだ。その知識が今役に立っている。

なんだかとても報われたような気持ちになり、パンを捏ねることに対してもいっそう熱が入る。そのためもっと喜んでもらおうと種類を増やした。クロワッサンにメロンパン、それからクリームパンも。

（もっとおいしいパンを作ろう。みんなのためにもっと……そしたらアルのことだって）

詩倫のパンがきっかけで、アルもキリチュの人たちとの関係が随分変わってきたような気がする。もっと頑張ればもっとアルのためにもなるかもしれない。

ひとつの目標ができたような気がして、詩倫はやる気を増す。それがまた自分がここにいる意味のような気がするのだ。

パンを捏ねているうちに泣きたくなるほどうれしくなって、つい涙がこぼれてしまった。

「シリン、どうかしたのか。涙が」

泣き顔をアルに見られてしまった。

「ご、ごめん。なんでもないから」

「なんでもないって……泣いているのに？　辛いことがあったんじゃないのか」

心配そうなアルに詩倫はぐい、と腕で涙を拭うと笑ってみせた。

「違うの、違う。あのね……うれしくって。僕のパンがおいしいって言ってもらえて」

言うとアルはホッとした顔になり、「よかった」と後ろから抱きしめてくれる。

「ア、アル……！」

いきなり抱きしめられて詩倫はあたふたとした。スキンシップに慣れていないから、こうしてスキンシップの多い触れ合いは戸惑ってしまう。

（イケメンに抱きしめられるって……心臓に悪いよ）

照れ臭いとばかりに耳まで赤くするが、アルはまるで気にしていないふうだ。

（そうか……こっちの人たちはこういうのが普通なんだな）

慣れなくちゃ、と詩倫はドキドキと無駄に拍動する心臓を押さえながら深呼吸する。

なんだか自分だけ意識しているのがバカみたいと思いつつ――けれどなんとなく新婚夫婦みたいだな、とも思って、その考えに至ったことにまた恥ずかしくなる。

「あー、もう、アルにとっては僕なんてただの同居人なんだから」

そうぼそりと独り言を呟《つぶや》く。

自分がアルに惹かれていることを気づかれないように、と思いながら。

「少し遠出をしよう」

詩倫がキリチュに落ち着いてしばらくしたある日のこと。

そう言ってアルはカデルに荷物を括りつけはじめた。今日の荷物はやたらと多い。てっきりアルと一緒にカデルに乗って行くのかと思っていたら、今日は一人でファスルに乗るようにと言われた。

それまで毎日乗馬の練習をしていた。というのも馬に乗れなければここでは暮らしていけない。はじめ馬に乗れないと言うとアルは驚いた顔をしていたが、大きな町の出ならそういうこともあるかと思ったらしい。あまり深くは追及もされなかった。

とはいえ、ここでは馬はなくてはならない。そのためかなり特訓されたのだった。おかげでなんとか合格点はもらえたようだ。

「ファスルだったらもうシリンも乗れるからね。ファスルにも無理しないようによく言い聞かせておくから」

アルは、大丈夫だよ、と詩倫を安心させるように言う。

ファスルというのは詩倫がここに来てから世話をしているアルのもう一頭の馬だ。栗毛で性格はとてもおとなしく賢い。詩倫がファスルに乗るというより、ファスルに乗せてもらっているという感じだ。

「随分たくさんの荷物だね」

「ああ。今日は街に毛皮を売りに行くから。そろそろ行かなくちゃと思っていたし、たまには気晴らしにな。シリンが来てくれたおかげで、俺の仕事もだいぶ捗《はかど》ったから向こうでうまいものでも食べよう」

行き先はハーボというこのあたりでも一番大きな市のある街だということだった。

馬で半日ほどかかるということで、日帰りは無理だしせっかくだからハーボで数日泊まってくるとアルは言う。

「シリンの服もいいかげん俺のお古では可哀想だしな」

「そんな……僕は全然構わないよ。新しい服よりアルのナイフの鞘《さや》にしよう？　この前修理しなくちゃって言っていたでしょ」

「心配しなくていい。シリンがパン作りを教えてくれているおかげで、集落のみんなになにかと助けてもらえているし。それで狩りに行く時間も増えてきたから、売り物にする毛皮も多くなった。礼というわけではないけれど、着るものくらい俺に買わせてほしい。それに、その……俺はシリンにきれいにしていてほしい」

最後のほうは小声になりながらだったが、アルが珍しく顔を赤くしながら言ったので、だから詩倫まで顔を赤く染めた。

「アル……」

「シリンが来てから……シリンに本当に助けられている。ザファルが死んでから——俺は遠巻きにされていたから、こうして集落のみんなと笑って話ができるようになるとは思わなかった。……本当にありがとう」

「そんな……！　僕のほうこそアルに助けられなかったらどうなっていたか。パン作りだって、賛成してくれたし、僕……今すごく楽しいんだ。ドーラもニーサもそれからマイラムもユースフだって僕にすごくよくしてくれる」

「それはシリンが頑張ったからだろう。シリンの力だ」

互いに褒め合いすぎていつまでも褒めるのが止まらない。なんだかそれがおかしくて、二人で顔を見合わせて笑った。

「さ、じゃあ支度をしよう。留守はユースフに頼んであるから、帰りにマイラムとドーラに土産を買ってくれればいい。早くしないと向こうに着く頃には日が暮れてしまう」

荷物をカデルとファスルに括りつけ、二人はキリチュを後にしてハーボへと向かった。

「う……わあ、本当に賑《にぎ》やかなんだ」

はじめてのハーボはとても活気のある大きな街だった。しばらくの間、キリチュの集落でのんびりと過ごしていた詩倫はあまりの賑やかさに目を見張った。

元の世界にいた頃は、ここ以上に人が多かったり、車が走っていたり、また店の電飾があちこちにあったりともっと刺激の多い場所にいたくせに、つい驚いてしまう。

店先にいる人々の楽しげで大きな声や、軒先に掲げられている様々な色柄の絨毯、そこかしこからしてくるおいしそうな匂いに詩倫は目や鼻や耳を奪われる。

「まず宿屋を決めよう」

キョロキョロと落ち着かない様子の詩倫を微笑ましそうに見ながら、アルはそう言った。

「その前に……シリンのその目はちょっと目立ちすぎるな」

確かにこの目を持つ者は狙《ねら》われやすいと詩倫自身も知っている。アルは一軒の店に飛び込むと、赤い糸の刺繍が特徴的な大きめのストールを買い求め詩倫の頭にかぶせた。

「これで少しは隠れるだろう。深めにかぶっておくといい」

「ありがとう」

「目のことが気になってたくさん楽しめないのは悲しいからな。これならあまり気にせずに歩き回れるはずだ」

なにより詩倫のことを考えてくれる彼。そして日に日に自分はそんな彼のことを好きになっていく。

（でも……僕は……）

記憶を失っているというのは嘘で、本当は違う世界からやってきたということをまだ彼には言えなかった。本当のことを話してしまったら——嫌われてしまうかも、と詩倫の胸が痛くなる。嫌われたくはなかった。けれど後ろめたくてまともに彼の顔が見られない。

（ごめんなさい……アル……）

まだ本当のことを言えない。勇気のない自分にうんざりする。

「どうかしたのか？　ストールは気に入らなかった？」

俯いている詩倫にアルが声をかけてきた。

「ううん、違う。ちょ……ちょっと目にゴミが入っただけ」

詩倫は咄嗟にごまかした。今、彼に心配をかけてはいけない。普通に振る舞っていなければ。笑ってみせると彼は安心したようだった。

常宿にしているという宿に行くと、人の好さそうなおかみさんが笑顔で出迎えてくれた。

「まあまあアルトゥンベックさん、お久しぶりですねえ。おや、そちらのきれいな方は」

「妻のシリンだ。ハーボははじめてなので案内しようと思って」

妻、という言葉に詩倫は思わずアルへ視線をやる。すると彼はそっと詩倫の肩を抱いた。

「あら！　そうだったんですね。おめでとうございます。奥様はお美しいから本当にアルトゥンベックさんと並ぶと美男美女で」

詩倫はストールを頭からかぶっているせいで、女性だと思われたのだろう。小柄で華奢だから、間違われてもおかしくはない。それよりアルが妻だと言ってくれたことがうれしい。一緒に暮らしているけれどいまだ自分たちの関係は曖昧《あいまい》だ。

（僕は……どうしたいんだろう。でも本当のことを話して、アルに嫌われて……出て行けって言われたら……）

正直に自分のことを話すことで、アルとの繋がりを、そしてキリチュの人々の信頼を失いかねない。あの穏やかな集落から放り出されることを恐れてしまう。

「シリン、それじゃあ毛皮を売りに行こう。取引先の店の近くにうまい食堂があるんだ。夕飯はそこで食べようか。……シリン？　少し顔色が悪いようだが具合でも悪いのか？」

「だ、大丈夫。ごめんね、ちょっと人酔いしたのかな。緊張しちゃって」

「そうか。そうだな、シリンはこんな大きな街ははじめてだったのか。ということは、街の生まれではないということだな」

詩倫の生まれた部族を探すヒントになるかもときっと連れてきてくれたのだろう。

（もう少しだけ……もう少ししたら本当のことを話すから……それまで……）

この幸せな時間をあとほんの少しだけ自分にください、と詩倫はなにかに願った。神様の存在は信じていないけれど、自分を導いたという精霊がここにいるなら、願いを叶《かな》えてほしいと心の中で祈る。

「もう大丈夫。アルはお仕事のために行くんでしょ。早くしないと夜になっちゃう」

「そうだな。じゃあ、行こうか」

アルは詩倫の手を引いて、宿を出る。

ハーボという街は、ここがきっとこのあたりの商売の起点なのだろうというほど、華やかで栄えていた。絨毯、アクセサリー、目移りするほど美しい品々を売る店が軒を連ねている。

「シリンにはこの服が似合いそうだ」

途中で服屋に立ち寄り、白い生地に赤色を基調にしてある刺繍が施された服を手に取った。今つけているストールがハッとするほどの赤い色だから、それとも合う。

「うん、すごくよく似合っている」

自分の見立てがよかったとばかりに満足そうにアルが言うと、店主も同意する。

「本当によくお似合いですよ。旦那《だんな》様も奥様も美形ですから、なにをお召しになってもお似合いですが、これはまた格別に似合ってます。それにこの刺繍はお値打ちなんですよ。今これだけの刺繍ができる職人がいなくてねえ。いやあ、旦那様はお目が高い」

褒めちぎる店主にアルは苦笑する。

「そうだな。この刺繍はいいものだ。ただ……ちょっと持ち合わせが厳しくてな。他に俺の帯と帽子も欲しいが予算から随分と出てしまう。どうにかならないか」

アルは彼自身が身に着ける帯や、帽子も一緒に買うからと随分と金額を低く言って、安くしろと迫った。店主はうっ、と言葉に詰まる。

「ええっ、これでもかなり値下げしてるんですがね」

「そうか。じゃあ、他の店に行ってみよう。なにせこれ以上は生憎《あいにく》こちらも無理だ。どうしてもシリンにこの服を買ってやりたかったが残念だ」

はあ、と大袈裟《おおげさ》に溜息をつき、アルは詩倫に「行こうか」と促す。すると店主が慌ててアルを引き留めた。

「わっ……わかりました。おっしゃる金額でようございます」

しぶしぶ頷く店主だったが、アルは悪戯っぽい顔をしながら詩倫に「この値段で適正なんだ」とこっそり耳打ちした。

こんな茶目っ気のあるアルを見るのも楽しいし、服を買ってもらったのもうれしい。

「ありがとう、アル。こんなにすてきな服。着るのがもったいないな」

「もっと羊が増えたら、もっと買ってやれるんだが。……ドーラには婚礼衣装も買ってこいと言われたよ」

「婚礼衣装……？」

「ああ。もうそろそろ婚礼を挙げてもいいだろう、だそうだ。しかしシリンの記憶が戻っていないからな……やっぱりそれは無理だろう。もしかしたらシリンはもう既に結婚しているかもしれないし」

アルは詩倫の顔を見て言う。

「……うん……そうだね」

そうではない、と否定したいがそれもできない。彼が自分のことをどう思っているのかわからない上、本当のことを言ったらもう一緒にいられなくなるかもしれないのだ。

それは嫌だ、と詩倫は身勝手なことを思う。

「シリン、こっちだ」

指を搦《から》められ、手を引かれる。

ほのかなぬくもりがじんわりと伝わる。泣きたいほどうれしいのに、素直に喜べない自分が腹立たしかった。

それでもこうして手を繋いで二人で歩けるのはなによりも幸せで、この時間が止まってしまえばいいと思う。

買い物を終えるとアルは慣れたように石畳の道を歩いていって大通り沿いにある、一軒の店の前で立ち止まった。

「俺はここの主人と少し話をするから。シリンはその間、このあたりを見て回るといい。欲しいものがあったら買っていいから」

そう言ってアルは詩倫に金の入った袋を手渡した。

「なにかあったら、この店か宿に逃げ込んで。道は覚えてる？」

「うん。覚えてる。わかりやすい道だったし。この大通りの……お菓子売っているお店を曲がったところだよね」

「ああ、そうだ。じゃあ、悪いが俺は行ってくる」

本当に大丈夫？　とアルにもう一度念を押され詩倫は平気と答えた。

「心配性なんだから、アルは」

「すまない。それじゃあ」

商談の場によけいな人を入れないというのは基本だ。金の話はデリケートなものである。アルが詩倫に聞かせたくないというのもわかるし、相手も詩倫が傍にいるのは嫌なものだろう。

僅《わず》かな時間だ。大通りならそうそう危ない目にも遭うことはないはず。

アルが店の中に吸い込まれるように入っていくのを見送って、詩倫はあたりの店を散策することにした。

女性ならきっととても喜ぶだろう、金銀の装飾品を見てその細工の繊細さに溜息をつき、上等な絨毯を勧められてその値段に目を丸くしたり、また店で売られているパンの装飾の美しさにうっとりと見とれたり……はじめてのハーボはとても楽しいものだった。

「おい、おまえ」

ふいに声をかけられて詩倫は思わず振り向いた。

「やっぱりおまえだ。こんなところで会うとはな」

声の主は顔に傷のある、人相の悪い男だった。

その男の顔を見て、詩倫の顔が青ざめた。というのも、男は一番はじめ詩倫がこの世界で目覚めたときに襲った男の一人だったからだ。ウルマスという部族といったか。

「へえ、俺もツキが回ってきたらしいぜ。おまえを捕まえれば、金になる。ちょうど金が入り用だったんでな――」

男はそう言うなり、詩倫の腕を摑もうとした。が、詩倫は咄嗟に男の臑《すね》を力いっぱい蹴り上げ、さらに突き飛ばす。さすがの剛健な男も臑を蹴られてはひとたまりもない。痛みに驚いたところに突き飛ばされたものだからなすすべもなく尻餅《しりもち》をついた。その隙に詩倫はその場から駆けだす。

「おい！　待て！」

まさか非力そうな詩倫にこのようなことをされるとは思っていなかったのだろう。男は焦って立ち上がると詩倫を追いかけはじめた。

（僕だって、毎日アルと一緒にいるんだから）

アルにいざというときのための護身術を教えてもらっていた。詩倫はいつなんどき襲われるかわからなかったからだ。その成果が出て詩倫はアルに感謝する。

詩倫はかぶっていたストールを取る。赤いストールは格好の的になると思ったためだ。

必死で詩倫は走って逃げる。だが、道もわからなければ、男のほうが詩倫よりも足が速い。このままでは捕まってしまう。

「アル……！　助けて……！」

アルに助けを求める言葉が思わず口をつく。どうしよう、どうしたらいい、そんなことばかり思いながら詩倫はひたすら走り続けた。

だが、詩倫の運もこれまでだったらしい。どうやら袋小路に入ってしまったようで、行き止まりだった。

「アル……ッ」

このまま男に捕まって、そしてアルとはもう会えなくなってしまう。強くてやさしくて美しいアル。いつでも詩倫のことを気にかけてくれる彼。

——もうそろそろ婚礼を挙げてもいいだろう、って。

アルとずっと一緒にいたい。アルのためにずっとパンを焼いていたい。

「シリン！　こっちだ！」

アルの声。

ハッと顔を上げると、確かに目の前にアルがいた。脇《わき》の路地から出てきたアルが詩倫を呼んでいる。

「シリン、ストールを……！　ストールを俺によこせ！」

ストール？　と、なぜいきなりそんなことを言うのかと思ったが、考えている暇などどない。すぐさま詩倫はアルへストールを渡す。アルはそれを受け取ると詩倫へ「ここに隠れていろ」と細い路地へと押し込めるようにし、彼自身は詩倫の赤いストールをかぶって行き止まりになっているところまで走った。そこでようやく詩倫は彼が自分の身代わりになったのだと理解する。

詩倫を追っていた男は赤いストールを目印にしていたのだろう。まんまと囮《おとり》になったアルを追いかけ行き止まりへ一目散に向かう。

が、男が追いかけたのはアルだ。アルはくるりと身を翻す。そこで男もようやく罠《わな》にかかったとわかったようだ。自分が追いかけていたのはかつて散々に打ちのめされた相手。男はアルの強さを思い出したのか、一瞬怯んだものの「くそっ」と叫んでアルに飛びかかった。しかしやはり強さにおいてはアルのほうが断然上。あっという間に男の首筋を手刀で打つと、すぐに腹に一撃を与え、さらに腕を摑んで背負うように男の身体を投げた。背中から地面に落ちた男はおそらく衝撃が強かったのだろう。そのまま気絶してしまう。

「シリン！」

駆けてきたアルに呼ばれ、路地から飛び出すと二人でひたすら走り続けた。

呼吸が止まってしまうのではないかと思うほど息を切らしたが、どうにか逃げおおせる。

「アル……アル……っ」

怖かった。怖くてアルの名前しか呼ぶことができない。もう大丈夫とわかっていても、身体を震わせてアルの名前を呼び続ける。そんな詩倫の身体をアルはやさしく抱きしめてくれた。

「よかった……無事で。間に合ってよかった。——シリンが呼んでくれたから」

走りながら呼んだ詩倫の声がアルには聞こえたのだと言った。

アルに抱きしめられて、ようやく助かったのだと実感する。詩倫は彼に縋りついていつまでも離すことはなかった。またアルも震える詩倫の背を安心させるようにずっと撫で、そして「俺がついている」と声をかけ続けてくれていた。

「精霊に祈りを捧げに行こう」

詩倫がなんとか落ち着きを見せると、アルはそう言った。

このハーボには精霊の神殿があるのだという。詩倫をここに連れてこようと思ったのは、精霊に祈りを捧げるためでもあったらしい。

「俺たちは精霊の導きで出会ったのだから」

キリチュの人々は信仰が深い。これまでの暮らしの中でもそれは折に触れて息づいていて、彼らとともにあるのはよくわかっている。それに詩倫自身もその存在を信じるようになっていた。この世界ではそれは当たり前のことだったから。

詩倫はアルの言うことに頷いた。彼との出会いで詩倫は別の人間として生まれ変わった。はじめて恋らしい恋もしている。

むろんはじめは男同士なのにとも思ったけれど、アルといると性別なんかまったく問題ではないと思ってしまう。

（人が人を好きになるっていうのは……人を愛するっていうのは……性別なんかじゃない）

アルだから惹かれたし、好きになった。姿も心も美しい人。

連れていかれた神殿は、静謐《せいひつ》な佇《たたず》まいで、やさしく詩倫を包んでくれるようなそんな空気をまとっていた。

どうしてここに自分が導かれたのかわからない。けれどアルと出会わせてくれたことを心から感謝する。

単なるパン職人だった自分の人生を――ずっと毎日パンだけを焼いていく人生を送るのだと思っていた。家族を失い、心にぽっかりと穴が空いたまま、なにかに心をときめかせることもなくそうして毎日を送るのだと。

しかしここに来て、アルと出会って、たくさんの自然と動物とそして家族のように接してくれる人たちと暮らすうちに、生きていると実感できている。楽に呼吸ができて、自然に笑顔がこぼれているのがわかる。

（ありがとうございます……アルと出会わせてくれて、本当にありがとうございました）

一心に祈っている詩倫と同じく、アルも真剣に祈りを捧げていた。

宿に戻る道すがら、串《くし》に刺して焼いた肉や、ミートパイのようにひき肉をパイ包みにしたものを食べた。それから水餃子《すいぎょうざ》のような料理も。

「おいしい！　ねえ、アル、このスパイスはどこで買えるの？　買って帰りたい。そしたらアルにこれを作ってあげられるから」

詩倫は特にパイ包みの料理が気に入った。これなら多少は日持ちもするし、アルが狩りで遠くまで出かけるときに持たせてあげられる。パイを作るのは詩倫には簡単なことだ。

「じゃあ、明日ここを出るときに買って帰ろうか。毛皮もいつもより高い値段で売れたし、少し贅沢ができるから、砂糖も塩もよけいに買って帰ろう」

「うん。僕……もっとアルに喜んでもらえるように、料理もいっぱい覚えるし、もっと上手く馬にも乗れるようにする。僕はアルの役に立ちたい」

「無理しなくていい。シリンはそのままでいればいいから」

うううん、と詩倫は首を横に振った。

「刺繍も覚えたいし、フエルト作りも覚えたい。それから……僕に弓を教えて。弓もナイフも。僕、自分で自分の身を守れるようになりたい」

もっと強くならなくては、と詩倫は彼の目を見て決心するように言う。

いつまでも彼に頼り切りではいけない。彼にふさわしい人間になって、そして——ずっとアルと一緒にいたい、と口にしようとして詩倫は言葉にするのを踏みとどまった。これを口にする前に彼に言わなくてはいけないことがあるのを思い出したのだ。

「徐々に覚えていけばいいさ」

アルに肩を抱かれて、詩倫はキリチュに戻ったら今度こそ告白しなくてはと決心した。


ハーボから帰ると詩倫の体調が崩れてしまった。

アルは馬ではじめて遠出したことや、またも怖い目に遭ったために心と身体が疲れてしまったのだろう、と言い、ゆっくり休養を取るようにと詩倫のパン作りも休ませた。

詩倫もはじめは疲労のために身体が怠《だる》いのかと思っていたがそうではない。

はっきりと説明はできないが、自分の身体はどこかおかしいと思うようになったのだ。はじめに気づいた違和感はアルが原因だった。

というのもアルが近づくと、心臓がドキドキするのを通り越して、身体まで火照《ほて》ってしまうのだ。ちょっと触れられただけで、身体の奥底からジンジンと熱くなってしまう。

それだけでなくもっと触ってほしいと——うっかりするとねだってしまいそうになる。

(おかしいって……絶対おかしい)

アルがそこにいるだけで、身体が熱くなって疼《うず》くなんて。

今までだって指先が触れることくらい、肩を抱かれることくらい、それから抱きしめられることだってあったのに、そのときとは違う淫《みだ》らでもやもやとした感覚が身体の中を占めていく。

元の世界にいたときの詩倫は性的なことに淡泊なたちだった。そういう結びつきは自分には縁がないと思っていたせいかもしれない。

パン屋に勤めていたときも、自分の周りは自分より年上の男性か、あるいはパートの主婦でそれも年配の女性が多かった。出会いらしい出会いも特にない上、外見も中身も地味で平凡な自分には恋愛なんて夢のまた夢だと思っていたから。

なのに――。

「……ん……っ」

詩倫の口から漏れる吐息がやけに色めいていた。

眠れない。横になっていなさいと言われベッドで寝ていたが、まったく眠ることができなかった。アルがさっきから心配して様子を見に来るけれど、どうしてかアルが近づいただけで下半身がずくん、と疼くのだ。下腹がもぞもぞして、落ち着かない。きっとそこを触れば硬くなっているはずだ。だけれども、アルがすぐそこにいるのに触ることはできなかった。

せめてとばかりに身体の中に籠《こ》もる熱を息と一緒に吐き出そうとするものの、自分の口から漏れる音のその淫らさに、身体がさらに熱くなる。

それだけではない。アルに触れられたときの湯たんぽのような温かさやじっとこちらを見てくる青色の瞳、そして――彼のよく鍛え上げられた――偉丈夫の筋肉を思い出すだけでますます体温が上がるような気がした。

詩倫が避けているせいなのか、アルの態度もなんとなくおかしい。いつもなら詩倫が着替えていても平気で近くにいるのに、すっと視線を逸らしてどこかへ行ってしまう。ただアルがそんな態度を取っていることは、今の詩倫には少しありがたいくらいだったが。

ただやはりとても心配はしてくれる。

「マイラムに薬をもらってくる」

少し待っていて、とアルは言い置いて、家を出て行った。

詩倫はどうにもできないこの身体を厭《いと》って、泣きそうになる。いっそこの熱を一度吐き出してしまえば楽になるのかもと、とうとう自分の手をズボンの中に滑り込ませた。

そこは熟れた果実とばかりに既にぱんぱんに硬く張り詰めていて、おまけにズボンを濡らすほどにとろりと蜜《みつ》がこぼれていた。誰もいないのをいいことに詩倫はズボンを引き下ろして性器へ指を滑らせた。

(なんで……今までこんなことなかったのに……)

戸惑いながらも身体は刺激を求めてしまう。

性器を擦《こす》りながら、あり得ないことまで想像してしまう。

後ろの……普段は排泄《はいせつ》にだけしか使っていない場所が疼いているせいで、そこを誰かに貫いてもらいたいと――それがアルだったらいいと、しなやかな筋肉のついた身体に抱かれることを考えながらしきりに濡れそぼった性器を扱《しご》いた。

こんなに強い情動を覚えたことなんかない。なのにどうして、と詩倫はベッドで泣きじゃくりながら、自慰に耽《ふけ》る。

けれど、射精してもまるで満足できなかった。後ろがじんじんとして辛い。これではまるで淫乱な人間だ。詩倫は今セックスのことしか考えられないでいる。

——どうしよう。こんな身体……アルに知られたら……。

うっかりアルを誘ってしまったら、とか、はしたない願いを口にしてしまったら、とか、詩倫の心は不安でいっぱいになる。

「アル……っ、ぁ……あぁ……」

アルの名を呼びながら詩倫は三度目の射精を終える。こんな恥ずかしい身体、アルに見られなくてよかった、と思いながら枕《まくら》に突っ伏して泣いた。


次の日になっても詩倫の状態は一向によくならなかった。マイラムから疲労回復の薬をもらって飲んだが、倦怠感《けんたい》は続き、そして身体も熱っぽいままだった。

「本当に大丈夫か？」

アルが心配そうに覗き込んでくる。

「大丈夫。おとなしく寝ているから。アルは心配しないで出かけてきて。キリチュにとっっても大事な商談なんでしょう？」

近くの集落に大きな隊商がやってきているということで、今日はアルの他、数人の男たちがキリチュの代表として商談に出かけることになった。この隊商はいつもここを訪れる日用品を扱う規模の小さな商人ではなく、キリチュにはない石材なども扱う者たちだとい
った。

キリチュでは石材は採れない。そのためせいぜい煉瓦《れんが》などを使って工事をするのだが、どうしても石が必要になる場合がある。精霊を祀《まつ》る祠《ほこら》は石でなければならないらしく、その祠が少し前に修理が必要になるくらい傷んだのだという。

「後でドーラとマイラムが来てくれるはずだから」

「ありがとう。本当にごめんなさい。迷惑かけて」

「迷惑じゃないさ。……じゃあ、夕方には帰るから」

「ん、わかった。いってらっしゃい」

アルを見送って詩倫は家の中に入る。彼がいないことは心細いがやはりアルの匂いがあるだけで、欲情してしまう。いつまでこんな状態が続くのかと思うと不安でもあった。

（でも、後でドーラとマイラムが来てくれるって言ってたし……）

アルは具合の悪い詩倫のために、マイラムを呼んでくれたらしい。彼女は薬師でもある

し医術の心得がある。この妙な症状もきっとマイラムならわかるだろう。

それまで横になっていようと思ったが、ふとあることを思い出した。

「あ、そうだ。外に干していた野菜……！」

人参やかぼちゃを薄切りにして干しておいていた。乾燥させておくと、野菜も日持ちがする。特に人参やかぼちゃはビタミンが豊富だから、今のうちに干しておいて、冬の野菜不足のときにも食べられるようにしておくといいと考えたのだ。湿気のないこのキリチュの気候はこうした乾燥野菜にも適している。

今のうちにそれを取りに行こうと詩倫は籠《かご》を持って外に出た。

ついでにファスルの様子を見ることにした。ハーボから帰ってきて、ファスルのご機嫌を伺っていなかった。もっと仲よくなりたいと思っていたのに、これではまたはじめからコミュニケーションをやり直すことになってしまう。

厩舎へ向かおうとしたそのときだった。

「アルトゥンベックはいるかい？」

集落の青年が声をかけてきた。

「あ、ごめんなさい。アルは今日、出かけてしまって――」

そう答える間もなく、青年が詩倫の身体を羽交い締めにする。

「な、なにするんですか……っ！」

詩倫は「やめてください！」と大声を上げる。だが青年は詩倫の耳元で息を荒くし「あんたが誘ってるからだ」と身体を擦りつけてくる。

「誘ってなんか……！　やめ……っ、やめて……っ！」

いきなり身体中をまさぐられ、押し倒されそうになる。

「そんな匂いを撒《ま》き散らされたら、ヤってって言ってるのと同じだぜ。やらしい匂いさせやがって」

匂い？　と詩倫は内心で首を傾げる。やらしい匂い、と彼は言っている。自分はそんな匂いをさせているのだろうか。しかしそんなことを考えている余裕はなかった。

青年は無理やり詩倫を厩舎の陰に引き込もうとし、詩倫は必死に抵抗した。

「おいおい、アルトゥンベックとはヤってんだろ？　そんなに嫌がるなって。アルトゥンベックには黙っておいてやるから、俺にもいい思いさせてくれよ」

「やだ……！　やめて……ッ！」

好きなアルにだって身体を許していないのに、こんな男に押し倒されるなんて嫌だ。

なのに頼みの綱であるアルはここにはいない。詩倫は傍にあった飼葉桶《かいばおけ》から草わらを引っ摑むと青年に向けて投げつける。だが青年はそれで怯むことはなかった。

いよいよ詩倫の服に手をかけられそうになったときだ。

「ちょっとあんたやめなさい！」

ドーラの声がするなり、青年の襟首を摑んで引き落とす。すぐ傍にはユースフとマイラムがいて、ユースフが青年を詩倫から引き離した。

「シリン！　大丈夫？」

襲われた恐怖で震える詩倫をドーラが抱き起こす。

「は、はい……」

「怪我はない？　なにもされていない？」

見ると手首に鬱血《うっけつ》の跡があった。青年に強い力で羽交い締めにされたり、腕を摑まれたりしたせいだろう。きっとこれは痣《あざ》になってしまう。アルが帰ってきたときにこれを見て心配しないといいなと詩倫は思いながら、ドーラに大丈夫と目配せをした。

「ああ、シリン……怖い目に遭ったね。ユースフがあいつを連れていったからもう大丈夫。さあ安心して家にお入り」

マイラムに言われ詩倫はドーラとともに家に入った。

ドーラは水を飲ませてくれ、動揺している詩倫の気持ちを落ち着かせてくれる。

「驚いただろう？　何事もなくてよかった」

マイラムが安心したように言う。

「はい……びっくりして……僕……」

「無理もない。シリンは自分では気づいてないようだけど、たぶんあんたの身体から男を惑わす匂いが出ているんだ。女にはわからないけどねえ。前にも言ったと思うがそれは発情期だろうね」

発情期、と聞いて詩倫はここ数日の自分の不調がそのせいであることを確信した。もしかしたらアルもその匂いを嗅いであの青年のように詩倫へ妙な気持ちを抱いてしまったのかもしれない。態度がおかしかったのはそのせいだとしたら。

そして以前のマイラムの説明によると、この時期にセックスをすると妊娠する……そういうことのようだった。

「あんたが悪いわけじゃないからね。でも、しばらく外に出ないほうがいい」

詩倫が落ち込んでいるような様子にマイラムは慰める。

「このこと……アルには言わないでもらえますか。襲われたと知ったらまたアルが心配するだろうし。せっかくみんなと仲よくなってきたのに、よけいな波風を立てたくないから」

襲ってきた青年も悪いわけじゃない。あんなふうになったのはすべてこの身体のせいだ。

きっとあの青年も今頃は正気に戻っているはずだから。

「そうだね。あんたがそう言うなら黙っておくよ。あんたとアルトゥンベックとの子が早くできるといいんだけどねえ」

マイラムのその言葉に詩倫は後ろめたい気持ちになった。

アルは詩倫が記憶喪失だということを信じ切っている。だから詩倫にけっして無理をさせようとしない。結婚のことも詩倫がいつか記憶を取り戻したときに、詩倫に後悔させたくないからと、それを強いたりはしないのだ。

誰よりもやさしい人だから。詩倫のことを第一に考えてくれているから。でも。

——アルとの子。

それはとても甘美な響きだった。彼は、詩倫が彼の子を産んだら喜んでくれるだろうか。

今までは自分が子をなすことができると聞いても、どこか半信半疑だった。男の自分が果たして本当に子どもを産めるのかと頭から否定していたのだ。けれど今のこの発情期という症状を体感して、これは事実だと、心から信じることができる。

にわかに心臓が早鐘を打った。

アルにとって幸せとはなんだろう、と詩倫は思う。彼はいつでも平気な振りをしているけれど、たぶん寂しいのだと思う。彼の味方だった父親を亡くした後、彼は一人で生きてきたのだから。その気持ちは詩倫も同じだからよくわかる。

アルも詩倫もどこか似たような寂しさを抱えていたから、精霊は自分をここに導いたのかもしれなかった。

――でもアルは、本当に僕との子を望むんだろうか。

確かに好意を持ってくれているとは感じているけれど、アルにとって自分は、うっかり拾った可哀想な子の域を出ていないのかもしれない。行き場所がないという不憫《ふびん》さに同情しただけ……と思うと、やたらと発情期になったと彼に言っていいものか悩んでしまう。

今の自分の見た目はきれいだと言われるが、中身はただの地味で平凡な男だ。だからあの美しい人とは不釣り合いではないかと引け目を感じてしまっている。

アルのことを好きだと自覚する前までは、これほど自分自身に対して卑下することもなかった。好きになってから自分に自信がなくなってしまった。

(しっかりしないと)

わかってはいるが、突然訪れた身体の変化は心を弱くしてしまったのかもしれない。なんとなく後ろ向きに考えてしまっている。

そして詩倫の発情期はアルが帰宅する前には収まってしまっていた。はじめてのことだったので、症状も不安定だったようだ。

情動の波が過ぎ去ってしまうと、やはりよけいなことは言わないほうがいい、と思ってしまい口を噤む。

そんな詩倫のうじうじした気持ちがアルには伝わったのだろう。

「シリン、なにかあったのか。様子がおかしいが」

はっきり言って、とアルはじっと詩倫の目を見る。

「え？　なにが？」

ぎこちない作り笑いを浮かべて詩倫は答える。

「いや、帰ってきてからまともに目を合わせてくれないなと。俺がいない間になにかあったのか？　マイラムやドーラとなにかあった？」

鋭い彼に詩倫は首を横に振った。

「う、ううん。なんにもないよ」

「それならいいが、夕飯もろくに口にしていなかったし」

「そ、それは……まだ少し体調がよくないみたいだから。食欲も出なくて……ごめん、早めに休むね」

おやすみなさい、と言って、詩倫は早々にベッドへ入った。まだ心の整理がつけられなくて、彼の顔をまともに見られない。

そんな詩倫の様子をアルは心配そうに見つめるのだった。

詩倫の体調は戻ったが、あれからアルとはなんとなくぎくしゃくしていた。たぶん詩倫が隠し事をしているのを彼は薄々察しているのかもしれない。

アルが最近忙しくしているので、家にいる時間が少ないこともあった。近頃、キリチュの人々もなにかと彼を頼りにし、そうすると一緒に酒を酌み交わす機会も多くなってきた。

彼が帰宅する頃には詩倫はもう眠ってしまい、顔を合わせる時間も以前より少なくなってしまったこともある。互いにどこか腫れ物に触るようなやり取りしかできずにいた。

喧嘩《けんか》をしているわけではないが、以前のように無邪気に彼と話ができない。

きちんと話をしなくちゃ、そう思うのに、硬い空気に口が重くなる。アルも詩倫の様子がいつもと違うことはわかっているはずだが、気を遣ってか深く訊いてくることもない。

ついこの間まではとても楽しかった。

アルとの生活が楽しすぎて、毎日がキラキラと輝いていたのに。

作ったパンもどこか味気なくて、自信作のはずなのにおいしいと感じることができなかった。

そんなある日、アルが荷物を作りはじめた。鞍も修理している。

どうしたのだろう、どこかへ行ってしまうのか、と詩倫は不安そうに見つめる。いくらやさしいアルでもこのところの詩倫の態度に呆《あき》れ返ってしまったのかもしれない。

「シリン」

鞍の修理をしていたアルが詩倫に声をかけた。

「明日から遊牧の当番で少し離れた草地まで行かなくちゃいけないんだが……シリン、一緒に行ってくれるか」

久しぶりにアルが詩倫に向けて笑顔を見せた。

それがうれしくて思わず「行く！」と大きな声を上げる。

「よかった。断られたらどうしようかと思った」

珍しくホッとしたような顔をアルがする。彼は彼で心を痛めていたのかもしれなかった。

「断るなんて……」

「シリンは身体の具合があまりよくなさそうだったし、無理させてもとは思ったんだが、これから遊牧に行くところは、この前摘んできた花がたくさん咲いているところだからシリンにもどうしても見せたくて」

あの花冠の花だ、と詩倫は思い出す。菫色の可愛らしい花。あのときはまだ馬で遠出もできなかったけれど、今はもうだいぶ馬にも乗ることができる。

「心配かけてごめんね。もう身体は大丈夫。だから一緒に行っていい？」

「もちろんだ。せっかくだから弓も持っていこう。弓を覚えたいと言っていただろう？」

「うん。教えてくれるの？」

「ああ」

ようやく以前のように楽しい雰囲気が流れた。二人で遊牧のための準備をする。遊牧は一週間。今日は満月。月が半分になったら帰ってくる。

詩倫はパンをたくさん焼いた。あまりたくさん焼いたので、アルに驚かれたくらいだ。日持ちがするように少し硬めのパンも焼いて持っていくことにする。

次の日の朝、詩倫はアルと出発する。

てっきりユルタに泊まるのかと思ったが、さすがに一週間だし、たった二人ではユルタは使わないらしい。簡単なテントを使うのだとアルは言った。

ユルタは木製のドアや床板などもあり、かなりの重量になるため、それを持っていくには牛やラクダが必要になるという。

今回はカデルとファスルでコンパクトな遊牧だ。それほど標高の高いところでもないため、雪が降るなどはないが、それでも夜は冷えるからとフエルトの上着や毛布も用意した。

ゆっくりと羊を連れて遊牧先へ向かう。

半日ほどかけて向かった先は、花畑と小さな湖のあるとても美しい景色の草地だった。

キリチュからは少し高いところにあるから、風がひんやりとしている。着いたときはまだ太陽が照っていたため、暑さはキリチュと変わらないと思っていたが、日が陰ると格段に涼しくなってくる。

着いてすぐにテントを設営し、竈《かまど》をこしらえた。ここが一週間の拠点となる。早速アルは竈に火を入れる。

湖の水はとてもきれいで、十分に飲めるものだ。お茶を入れてひと休みするとアルが羊を放した。

ウルクがここでも大活躍で、はぐれそうになった羊がいると、すぐに気づいて追いかけて群れに戻す。おかげでアルは随分楽そうだった。

夕飯は、今日は家から持ってきたパンとチーズとそれから串焼きの肉。詩倫が味付けを工夫して、果物のソースを使い甘辛くしたものだ。これはアルがとても気に入って、弁当にすることにしたのだった。

日がとっぷりと暮れ、星空の天幕がかかる。キリチュでももちろん星空は美しいのだが、ここは空がもっと近いせいか、さらに星のきらめきが増しているような気がする。

火の傍でアルと二人、久しぶりにこうしてリラックスしながら食事を終えた。

「シリンが元気になってよかった」

夜のお茶を飲みながら、アルがしみじみというようにそう口にした。

「最近、元気がなかったから……。俺がなにか気に障ることでもしたのかと」

「ううん、そんなことない。アルのせいじゃない」

「マイラムや集落の人間が、シリンに早く俺と子を作れ、って言っているのは知っている。もしかしたらそのせいかと思っていた。だが、俺はシリンが嫌がることはしたくない。だから俺と一緒にいるのが嫌なら……シリンはパンも焼けるし、馬も上手に乗れるようになった。無理して俺といなくても」

そんなことを考えていたのか、と詩倫はショックを受けた。

「ちが……っ、違う」

詩倫は首をぶんぶんと横に振りながら否定する。彼は自分が彼のもとから離れたいと思っていたらしい。そうではないのに。自分の態度がおかしかったせいで、このやさしい人によけいなことを考えさせていた。

「ごめんね、アル。そうじゃないから。確かにマイラムたちに子どものことをせっつかれてたけど、それが嫌だからじゃなくて……その逆っていうか……その……」

詩倫は口ごもった。あからさまに口にしてしまえば恥ずかしいという気持ちが先に立つ。

「逆……？」

どういうこと、と案の定アルは首を傾げる。ええい、と詩倫は勇気を出してようやく自分の思っていることを語り出した。

「あのね……アル、実は……この前、発情期になってしまって、その……」

彼が出かけた日に発情期になり、青年に押し倒されそうになったこと、そこにドーラとユースフ、マイラムが来てくれて助け出してくれたことを話した。

「僕、発情期がどういうものか知らなかったから、驚いちゃって。それがショックだったのとそれから、本当に子どもを産める身体なんだなって思ったらやっぱりびっくりして」

「そうか……そんなことが。ドーラたちはなにも言っていなかったから。気づいてやれなくて悪かった」

「ううん。僕がマイラムに口止めしたから。アルには言わないで、って。アルはそうやって僕のことを考えちゃうでしょ。そしたら集落のみんなとせっかく仲よくなったのに水を差しちゃうかもしれないと思って。だから知らなかったのは当然」

でね、と詩倫は続けた。

「もちろんそういうことがショックだったのはあるんだけど……これ以上僕がいたらアルにとってよくないこともあるんじゃないかって思ってしまったんだ。発情期のたびにあんなふうに誰かを惑わせてしまったら……うっかりアルを誘ってしまったらって。アルは僕のこと可哀想だから置いてくれてただけなのに。それこそマイラムたちに結婚しろって言われてるけど、アルには僕なんかよりずっとふさわしい人がいるんじゃないかって考えてたら、ぐるぐるしちゃって……変な態度を取っていてごめんなさい」

「俺はシリンのことを可哀想だから置いていたわけじゃない。はじめは……多少そんな気持ちもなかったわけじゃないが、けれどそれだけなら早くにマイラムやユースフに頼んで預かってもらっていた。俺などよりずっとマイラムのほうが集落のみんなには頼りにされている。そのほうがシリンのためにはよかったかもしれない。でも……」

そう言うやいなやアルは、詩倫をやさしく包むかのように抱きしめた。

「俺はシリンと一緒になりたい……そう思っている。シリンの記憶が戻らないうちは言わずにおこうと思っていた。記憶が戻ったら俺のことを忘れてしまうんじゃないか。本当のシリンが俺と一緒になったことを知ったらショックを受けるんじゃないか。それはあまりにも残酷ではないか……そう思っていたから。だが、そんな話を聞いたら離せない。誰の手もシリンに触れさせたくない」

アルの腕の中はまるで真綿に包まれたようにやわらかく、まるでここが本来の自分の居場所ではないかと思うほど心地がよかった。アルはゆっくりと詩倫の背を撫でながらそう口にする。

「僕も……アルにしかこんなふうに抱きしめられたくない」

詩倫が言うと、ぎゅっと彼の腕に力が込められた。

それに抱き返してもいいものかと詩倫の手が空をさまよう。するとアルは抱き返してもいいと促すようにさらに詩倫を抱く腕の力を強くする。

詩倫がアルの背に手を回した。いっそう彼の身体と自分の身体が密着し、彼の鼓動やぬくもりが鮮明に伝わってくる。そして彼が小さく震えていることも。

星空のカーテンに自分たちだけ包まれたような、不思議でロマンチックな感覚に陥りながらただ静かに彼の体温を感じる。

このまま時間が止まればいいのに、と詩倫は思いながら、大事なことを告げなければと深く息を吸い込んだ。

「アル……僕、言わなくちゃいけないことがあるんだ」

これで彼に見放されても仕方がない。嘘をついていた自分を彼が許さなくても仕方がない。そう思いながら詩倫は顔を上向ける。

金糸のようなアルの髪の毛が詩倫の頬を撫でた。大好きな青い瞳にじっと見つめられながら、詩倫は意を決して口を開く。

「僕、本当は記憶をなくしているわけじゃないんだ」

言うとアルは小さく眉を寄せた。やはり少し怒ったような顔になっている。がっかりさせたなと思いながら、詩倫は上擦らせながらも頑張って声を出す。

「あのね、アル、信じてくれないかもしれないんだけど、僕……別の世界の人間だったんだ。ここではなくて、日本という国の人間で」

「……ニッポン？」

聞いたことがない、とアルは怪訝《けげん》な顔をした。

「聞いたことないよね。アルが日本という国を知らないのも当然で、僕がいた世界ではシャルクという国はないから」

「どういうことだ？　シャルクがない……というのは」

苦い顔をするアルに詩倫は説明した。もともとは自分はこんな見た目ではなく、黒髪の黒い目をしたパン職人で、両親を飛行機事故で亡くしたこと。アルは車は知っているが飛行機は知らないというので説明したが、ひどく驚いていた。おそらくここは明治時代以前くらい、の文明レベルなのだと考えられる。やはりなにもかもが違う国のようだった。

「そうかそんなところでシリンは暮らしていたのか。じゃあ、ここの暮らしは大変だっただろう？」

「ううん。すごく楽しい。僕は……元の世界ではのんびりしているってよく言われていたから、キリチュの生活は性に合っているみたい。せかせかしているのは苦手だから。それにアルのおかげで毎日充実しているし……」

そして車に轢《ひ》かれて意識をなくした後、気づいたらこの姿になっていて、アルに助けられたこと。別世界から来たと言っても信じてもらえないだろうから、記憶を失っていたことにしたこと——。

「——でも、一緒に暮らすうちにアルのことをすごく好きになって、周りから言われただけじゃなくて、できたらアルと一緒にいたくて。だから……言い出せなかった。嘘をついていてごめんなさい」

詩倫はアルに謝った。これで愛想を尽かされてここに放り出されても仕方がない。そう思いながら。

「……シリンは……本当のシリンはじゃあもう死んでるかもしれないってこと？」

訊かれて詩倫は「わからない」と小さく息をつく。

「もともとの僕はどうなったのかわからない。車に撥ねられて死んだ後にこの世界に転生したのか、それとも意識だけこっちにやってきたのか。でも身体のほうはきっともうなくなっているんじゃないかな。死んでいるのかもしれないけど、それは僕にはわからないことだし……。だから僕はアルに助けられて本当によかった。もう僕にはどこにも行く場所はなくなってしまったから」

詩倫の返答を聞いてアルはふたたび詩倫を抱きしめた。

「そうか……そうだったのか。じゃあ、シリンはずっとここにいられるということか」

よかった、とアルが詩倫の耳元でひとりごちるように呟いた。

「……アルは……僕のこと呆れたりしないの？　嘘つきって」

「呆れたりなんかしないさ。みんなを傷つけたくなくて考えた末のことだろう？　それにいきなり別の世界から来たなんて言われても、信じることもできなかった。シリンという人間を知って……けっして誰かを傷つけたり、むやみに嘘をついたりするような人間ではないとわかっている。だから今なら信じられる」

「アル……ありがとう」

「世の中に不思議なことはたくさんある。それにいわゆる能力持ちのことだって、元は違う世界にいたというなら、シリンには不思議なことだっただろう？」

「うん。でも僕がここに来たくらいだもの。そういうこともあるんだな、って思っただけ」

「だから同じだ」

詩倫を見つめてくるアルの瞳に焚き火の火が映る。まるで彼自身の目が燃えているのかと思うほど、視線にも熱が籠もっていた。

「嫌いに……ならない？」

「ならないさ。それよりもうシリンがどこにもいかなくていいのかと思うと、正直浮かれている。これでなんの後ろめたさもなしにきみに求婚できるから」

「求婚……」

本当にいいのだろうか。本当に彼は自分なんかに求婚して後悔はしないのか。

よほど不安げな顔をしていたのだろう、アルが詩倫の頬へ指を滑らせた。

「はじめは神秘的で不思議な子だと思っただけだ。だが知れば知るほど……頑張り屋なのにどこか謙虚で、見た目とは違う地に足がついた感じがして惹かれていった。きっとそれは生まれ変わる前のシリンの性格だったんだな。だから顔かたちじゃない。――パン作りをみんなに教えたり、キリチュに溶け込もうと、普通なら臆してしまいかねないのに自ら飛び込んでいったり。本当は別世界にいたというならなおさら――とても勇気を出したのだろう。シリンのそういうところがすごく好きだ」

「アル……」

「いくら顔がきれいでも心が汚ければ醜く見えるもの。けれどシリンは違う。俺にはすべてきれいに見える。誰よりもきれいな心を持っていると俺は思っているよ」

「僕は――」

夜空に宝石箱を投げ打ったかのように星々が美しくきらめいていた。

詩倫は舌で唇を湿らせた。たった一言を言うのに、とてつもない勇気がいる。

「僕は、アルが好き」

決死の思いの告白にアルはただ大きく目を見開いて詩倫を見つめ続けている。

「……だからって、自分の気持ちをアルに押しつけようとは思ってなかった。迷惑かもしれないって思っていたから」

まっすぐにアルの眼を見つめながら言う。

「そんなことはない。俺のほうこそ……自分の気持ちをシリンに押しつけてはいけない、そう思っていた」

アルは詩倫を抱き寄せる。息がかかるほどに近づいて、至近距離で見つめ合う。

どちらからともなく腕を伸ばして抱き合い、唇が重なった。

二人はもつれ合うようにして敷いていた絨毯の上に倒れこんだ。

陸に打ち上げられた魚が酸素を求めるように、夢中になって唇を貪《むさぼ》り合う。

「男の身体だけど大丈夫？」

唇を離すと詩倫はそう訊いた。

「なにが？」

「だって……僕は胸もないし……。アルが抱きたいと思うような身体かなって」

言うとアルはにやりといつになく意地の悪い顔をする。

「抱きたいに決まっているだろう？　シリンの小さなお尻に俺のを入れることを考えただけで我慢できなくなる」

あからさまな言葉に詩倫は顔を赤くした。

「……アルってスケベだったんだ」

「仕方がないだろう？　シリンが可愛いのが悪い。それともこんな俺は嫌いか？」

「……嫌いじゃない。……好き」

「聞こえない。シリン、もう一度言って」

本当に今日のアルは意地悪だ。けれどそんな彼の顔はとてもセクシーでときめいてしまうからどうしようもなかった。

「……好き、好きだから……っ」

結局最後は自棄《やけ》気味に叫び、真っ赤になってしまった顔を見られたくなくて、すぐさま顔を両手で覆った。こんな告白、生まれてこのかた誰にもしたことがない。女の子にだってこんな気持ちになったこともないし、そうじゃなくても自分から好きだなんて気持ちを伝えたことはない。

アルと会って、誰かに寄りかかることも悪くないと思うことができた。甘えてもいいと詩倫の場所を空けてくれている。頼っていいよ、そう言ってくれている。そんな彼に惹かれずにいられるものだろうか。

「シリン」

手で顔を覆ったままの詩倫にアルが耳元でやさしく名前を囁く。

顔を覆っている手をゆっくりと外され、アルの指が頬をなぞる。顔を上向かされて、唇を寄せられた。

けれど軽く唇は触れるだけ。掠《かす》めただけの口づけに物足りなさを感じ、思わず詩倫は視線を上向ける。アルは目を細め、薄く笑うと再び詩倫の唇にキスを落とした。

キスが次第に長く深くなる。唇をやわく噛まれ、舌で舌を絡め取られ、濡れた水音が耳に響く。

「……ンッ、……ふ…ぅッ」

幾度も幾度も角度を変えられ、足りないとばかりに唇を貪られた。

ようやくに唇を離されたとき、アルは熱に浮かされたような顔をして詩倫のことを見ていた。こんな目で見られていたのだ。胸の奥がきゅうきゅうと音を立てた。

「……全部俺のものにするよ」

宣言するアルの言葉に詩倫は返事の代わりに自分からキスをねだった。

息が続かなくなって口を離すと、二人は確認するかのように互いの眼を覗き込む。それからアルは身体を起こすと、詩倫の服を脱がせる。

アルも自ら服を脱ぎ、詩倫に覆いかぶさる。きれいに筋肉がついた彼の逞しい身体を詩倫は受け止める。

胸の突起をつままれ、脇腹を撫でられて息を乱す。

アルの唇が、詩倫の唇を離れ、首筋を鎖骨を這っていく。舌で舐《ねぶ》られ指で捏ねられてぷっくりと紅く腫れ上がった乳首を引っ掻《か》かれる。

「……っ……ん…ぁ……」

その自分の声を聞いて、その甘さに、詩倫は恥ずかしくて耳を塞《ふさ》ぎたくなる。それほどその声はひどく淫靡《いんび》な響きを持っていた。

気持ちがよくて溶けてしまう。

そんな詩倫をまっすぐに眼を見つめながら、アルはゆっくりと顔を近づけてきた。

「シリン……好きだ」

耳元で、囁くように呼ばれる。その途端、詩倫は身体に電流が流れたように感じた。

「ぁ……」

身体がゾクゾクして、股間《こかん》に熱が溜まる。そんな反応が恥ずかしくて下半身をよじれば、アルにその部分を握りしめられた。

「反応している。名前を呼ばれただけで感じるの？」

「アル……」

からかうように言うアルに、詩倫は抗議するように背中を叩く。

「悪かった。きみが……シリンが手に入るとわかって浮かれているみたいだ」

笑い声で謝りながら、アルは詩倫のものを扱く、そうしながら胸の突起に吸いついた。

「ぁん……」

身体に熱が溜まり、どうしようもない疼きが詩倫を襲う。自分ばかりそんな状態にされるのが少し悔しく、詩倫は手を伸ばすとアルのものに触れた。

自分も男だ。どうしたら感じるのかはわかっている。

アルのものは詩倫のものよりもかなり大きかった。その大きさに息を呑むが、握りしめると、ドクンと脈動する。自分がされているリズムに合わせるように、詩倫もアルのものを高めていく。

「そんなことをしていると、あとで泣いても知らないぞ」

「泣いたりなんてしない……」

かすかに息を荒らげて詩倫が言う。

「そうかな？」

アルは詩倫のものから手を離すと、いきなり足を抱えて大きく開き、胸につくほど折り曲げさせた。そうして、あらわになった奥の窄《すぼ》まりに顔を寄せる。

「アル……!?」

アルは詩倫の堅く閉ざされた蕾《つぼみ》に舌を這わせてきたのだ。

「そんな、あっ……」

敏感な部分を舐められ、詩倫の身体を疼きが襲う。そんな場所を舐められているという羞恥《しゅうち》もあいまって、詩倫のものは堪え切れないほどに高まり蜜をこぼしていた。

アルはひだを押し広げるように丁寧に舐めながら、詩倫がこぼしたものを指に絡め、指でもその部分を押し広げる。やがて指が中に入ってきたが、詩倫は痛みはまったく感じなかった。

とはいえ夢に見たような朧気《おぼろげ》な行為などではなかった。生々しくリアルで、でも本当の。そこを弄られると同時に乳首が痛いほどに尖ってしまう。

くち、くち、と指が抜かれるたびに音がして、そのいやらしさに身体が熱くなって、もっとしてほしいと思ってしまう。

「アル……ぅ……はぁ……」

身体を内側から開かれる感覚に、詩倫は身悶《みもだ》えながら耐えるしかない。指が出入りする感覚がもどかしくて、もっと太いもので擦りあげてほしくなる。

三本まで増やした指で詩倫の入り口を広げながら、アルは身体をずらしキスを仕掛けてきた。詩倫は夢中になってキスを貪る。

「シリン。いいか？」

詩倫の顔に浮きでた汗を吸い取りながら、アルが訊いてきた。

詩倫は頷き、アルの背にしがみつく。

「あぁ――っ！」

指とは比べものにならない熱くて太いものが入り込んでくる衝撃に、詩倫は背をのけぞらせる。無意識にアルの背に爪《つめ》を立てていた。

「シリン、シリン」

奥まで収めてしまうと、アルは詩倫の顔中にキスをした。

「アル……」

詩倫は衝撃による涙を滲ませた眼でアルを見つめ口づけをねだる。アルは軽く唇を合わせると、詩倫の腰を抱え直した。

「動いていい？　シリンのここで……」

アルが入っている場所を指でぐるりとなぞられて、詩倫の身体はひくりと震えた。

「うん……あっ、あぁっ」

アルが腰を動かしだすと、内臓が掻き回されるような気がした。不快な感触のはずなのに、アルがもたらすものだと思うとそれだけで快感に変わる。

詩倫はいつのまにか、アルの動きに合わせて腰をゆすっていた。アルがリズムを変えるたびに嬌声《きょうせい》を上げ、身悶える。抉《えぐ》られるたびに快感の波が詩倫を襲う。

「まだ……奥まで行っていいか……？」

もっと深いところまで彼を受け止めたらどうなるのだろう。これ以上の快感がまだ先にあるのだろうか。やわく耳朶《じだ》を噛まれながら穿《うが》たれ、そして慈しまれて、どうにかなりそうになる。

「アル……っ、アル……ぅ、おかしくなっちゃう……」

「おかしくなっていい……もっと可愛いところを見せて？」

低くあやすような甘い声に酔いながら、奥までアルを感じて声を上げた。

「あ……んっ……ああ……」

繋がり合った場所からこぼれる濡れた淫猥《いんわい》な響き。

自らも腰を揺すり、アルの刻む律動がもたらす快楽を追いかける。

「あっ、あっ、あッ……あ、イイッ……アルッ……」

「シリン……」

耳元で名を呼びながら、アルは詩倫のものを扱いてきた。前と後ろを同時に攻め立てられて、詩倫の限界が見えてくる。

「あっ……はぁっ……ぁ……もぅ……」

「もう？」

「イ……イっちゃう……アル……っ」

激しく腰を突き入れながらアルは詩倫の鈴口に爪を立ててきた。過ぎる刺激に既に限界を迎えていた詩倫はもたない。

「あぁぁ————っ！」

高い声を上げて詩倫は遂情《すいじょう》した。少し間を置いて、アルも詩倫の中に放つ。

大きく息をついて、アルが詩倫の上に覆いかぶさってきた。ずしりと重いその身体を抱きしめ、詩倫は幸せを嚙みしめていた。


しばらく二人は裸のまま抱きあっていた。身体を軽く撫であったり、ついばむようなキスを繰り返したりしながらとりとめもない話をする。

「シリン」

会話が途切れたとき、アルが急に真面目な声で言ってきた。

「なんですか？」

「俺は、自分で思っていた以上に強欲な男みたいだ」

「……どういう意味？」

「きみが手に入ったとわかって……もう絶対手放したくなくなっている」

「……アル」

詩倫は身体を起こしてアルの顔を見下ろした。アルは苦笑しながら詩倫を見て、その頬に手を伸ばしてくる。

「手放さないで。僕にはアルしかいないのに」

「シリン……好きだ」

頬を撫でながら、アルは甘く強要する。詩倫は微笑んだ。

「アルこそ……手放したいって言っても、僕は縋りついて泣きわめくかも」

「そんなこと、絶対にさせない。――シリンがこの世界に来てくれてよかった。やっぱり運命だった」

詩倫の顔にアルはたくさんのキスを落とす。

幸せで幸せで、詩倫はアルにしがみつくように背中に手を回す。再びアルが詩倫の後ろに指を触れさせた。今までそこに受け入れていた場所が、まだ欲しいとばかりに貪欲《どんよく》に疼き出す。身体の奥からじゅん、と濡れるような熱い感触を覚え、詩倫はごくりと息を呑んだ。これは――。

「アル……」

アルの胸に顔を埋《うず》めながら詩倫は恥ずかしい言葉を勇気を出して口にする。

「……発情期……また来たみたい。身体がすごく熱い……」

くぐもった声をアルの胸にぶつける。

「そうだな。匂いが強くなった。甘くて甘くて酔いそうだ。俺も……またこんなになっている」

アルが腰を詩倫に擦りつける。そこはまた硬く大きくなって、詩倫を欲しいと言っている。詩倫も欲しいとばかりに腰を揺らした。

また熱いキスを交わし、互いの熱を確かめ合う。

「はしたなくてごめんなさい」

「なにを謝っている。愛し合っているんだ。求め合うのは当たり前のことだ」

「だって……アルの赤ちゃんを産んでもいいの？」

「それのどこが悪い？　幸せなことだろう？」

詩倫が頷くと、アルは詩倫の足を抱え込む。

心が満ち足りているからか、詩倫はすぐに熱に浮かされて喘《あえ》ぎ声を上げることになった。

散々詩倫を喘がせた後で、アルはすぐさま自身を突き入れた。一度アルの精を受けてそのままの秘所は、アルのものが入れられるとグチュグチュと濡れた音を立てて詩倫の羞恥を煽る。

「あっ、あぁん……アル……アル……」

与えられる熱と快楽に溺《おぼ》れながらアルの名前を呼ぶ。すると彼はいっそう激しく責め立てて詩倫を悶えさせてくれる。

「詩倫、愛している」

激しく突き上げてきながら、アルは詩倫の耳に口を寄せて囁く。

「僕も、僕も愛してる……」

喜びに胸を震わせながら、詩倫はアルに縋りつく。

彼の灼熱《しゃくねつ》を身体の奥で感じ、全身を彼の体温に包まれて、詩倫はいつまでも幸せという名の快楽の海を漂っていた。


詩倫は最近、家の中にいることが多くなった。

秋になって遊牧の時期が終わったこともある。冬に向けての支度が忙しくなったこともあるが、それだけが理由ではない。

「シリン、ただいま」

アルも外での仕事が終わると前にも増してそそくさと家の中に入る。そうして二人で過ごす。だからカデルの足音が聞こえると、こっそり窓からアルがこちらに向かってくるのを見ることが楽しかった。

思いが通じ合ったからといって、なにが変わったというわけではない。詩倫はパンを焼いて、アルは他の仕事をする。

でも、目が合うとどことなく恥ずかしくなってパッと不自然に目を逸らしたりする。耳朶を赤くしながら、詩倫は子どもみたいだ、とおかしくなってしまう。でも、ひどく幸せな気持ちだった。

「アル、あのね――」

詩倫はアルに今日起こったことを口にする。

わざと彼の耳元で、ごくごく小さな声で囁くように。

「赤ちゃん、できたみたい」

聞いた瞬間のアルがものすごく驚いた顔をしたので、詩倫は一人口元を綻《ほころ》ばせた。

## Ⅱ

四年後――。

羊の出産がはじまると春がやってくる。

そろそろ放牧にも本格的に取りかからなければならない。冬の間、フェルトを作ったり、羊や牛の出産のために家畜小屋を整備したりと、いくら家に籠《こ》もっていてもやることは山ほどあるものだ。

「かーさま、あのね、ユラね、とーさまのおてつだいしたの」

ほら、とアルに似た金髪の可愛《かわい》らしい男の子が詩倫のもとへトコトコとやってくると、自慢げにできたばかりのチーズを見せてきた。

「わあ、ユラ、上手にできたね。おいしくなあれ、ってお祈りした？」

「うん！　いっぱい、いっぱーい、おいのりしたよ。とーさまといっしょにおいしくおいしくなーれ、って」

ぱあっと顔いっぱいに笑顔を浮かべる様子に詩倫も自然と笑顔になる。

「そっか。じゃあ、これは特別においしいチーズになるね。たくさんおてつだいできたご褒美はなににしよう？」

「どーなつ！　じゃむがいっぱーいはいったの」

「うん、わかった。それじゃあ、今日のおやつはドーナツにしようか。これから作るから、ユラはリュヤーと遊んでいてくれる？　油を使うからね」

「はーい」

てててて、とユラは詩倫の言うとおりに走っていく。その小さな背中を見送りながら詩倫は台所へ向かった。

ユラと詩倫が呼んだ子は、詩倫とアルの間に生まれた男の子だ。

詩倫とアルトゥンベックはあれからユラとリュヤーという二人の男の子を授かっていた。三歳と二歳になる二人の子はすくすくと元気に育っている。

「ジャム……は、干したあんずがいいかな」

言いながら詩倫は外にある貯蔵庫へ足を運ぶ。冬の間、キリチュでは雪はそれほど積もらないがかなり冷え込む。内陸ということもあって風が冷たく底冷えする気候だ。羊毛で作ったフエルトが必要というのがよくわかる。しかし乾燥しているために、食料の保存にはうってつけだった。

そのため、秋から冬にかけては冬の間食べるための果物や豆類、干し肉や干しチーズなどを作り続ける。また家畜のための干し草を作るのも重要な仕事だ。

羊の世話をし、パンを焼き、チーズを作り、小さな畑で野菜を作る。薬草を採って、木の実を乾かす……毎日これほどたくさんの仕事があるというのも詩倫には驚きだった。機械化されていないため人の手で様々なものを生み出すのは確かに大変なこともあるが、できあがったものを見たり食べたりするとうれしくなってしまう。家族と語らいながら自分の手で必要なものを作り出す。元の世界の便利な生活もいいが、詩倫には今の暮らしがとても合っていると思う。自然とともに生きている、という感覚はとても贅沢《ぜいたく》で幸せなことだった。

外からアルとユラとリュヤー、三人の歌声が聞こえていた。アルが弾くドゥタールという二弦のリュートに合わせて歌っているらしい。

「ワン！」

ウルクが尻尾《しっぽ》を振って詩倫のもとにやってきた。いつもはユラとリュヤーの子守はウルクの仕事なのだが、今日はアルが二人の子と遊んでいるからウルクは仕事がなくなったらしい。

「あはは、ウルクは仕事がなくなっちゃったんだね。じゃあ、僕の手伝いをしてくれる？アルのところにこれを持っていって？」

ウルクともすっかり家族になって、彼も詩倫の言うことがわかるようになっていた。ウルクは詩倫が渡した小袋を口に咥《くわ》えると、わかったというようにアルたちのほうへ歩いていく。小袋の中の器には羊毛を処理するときにできたウールグリースが入っている。ウールグリースは革の手入れをするときや、ハンドクリームを作るときなどにも使う。

昨日アルが馬具の手入れをすると言っていたから、必要になるだろうとウルクに持たせたのだ。

「さあ、ジャムを作ろう」

干しあんずを煮て作るジャムは、こっくりとした甘さの深い味わいで、詩倫もアルもそして子どもたちも大好物だ。今日はたっぷり作ろうと大きな鍋《なべ》に干しあんずをたくさん放り込む。

こうやって穏やかな日はいつまでも続くと思っていた。あの日までは。

その日、なかなか帰宅しないアルに詩倫はやきもきとしていた。

数日前からアルは族長会議で近くの集落へ出かけており、今日が帰る予定になっていた。周辺の部族の長が集まって、話し合いがなされるのだが、それぞれの部族にはやはり個性がある。族長自身も穏やかな人間もいればそうでない人間もいて、通り一遍では話し合いが進まないこともあるとアルは常々こぼしていた。

そのためかつては諍《いさか》い事もあったようだが、最近は幾分穏やかになったとも聞いた。ときに酒を酌み交わすこともあり、そこそこ良好な関係と言っていた。だから滞在が延びたのだろうか。そんなふうに考えていた矢先――。

「シリン……！　シリン、手伝ってくれ！」

カデルの足音が聞こえたかと思うと、ようやく帰ってきたらしいアルが大声で詩倫を呼んでいた。いつになく緊迫感のある声で詩倫も緊張する。

もしや怪我《けが》でもしたのか、と慌てて外へ飛び出す。

「アル……！　どうかしたの!?」

見るとカデルの背にアルだけではなく別の一人の男が乗っている。男は中年とおぼしき年頃で、そこそこ身なりのよさそうな感じだ。しかし足を怪我しているようで、太腿《ふともも》に巻きつけていた布地からは血が滲《にじ》んでいた。また顔もひどく青ざめている。

「シリン、悪いが寝床を用意してくれ」

アルが先にカデルから下りると、男を下ろして背負っていた。のっぴきならない状態に詩倫は「はい」と返事をすると、すぐさま家に引き返して男が寝られるように寝床を用意しはじめる。

「とーさま?」

ユラとリュヤーがアルが帰ってきたと喜び勇んで顔を見せたが、詩倫もアルも慌ただしくしているものだから、それ以上声をかけられなかったらしい。ウルクが気づいてユラとリュヤーのもとへ寄っていき、二人を外へと誘い出していた。

「ありがとう、ウルク。ユラ、リュヤー、ウルクと少し待っていてね。父様はお客様がいらしてちょっと忙しいようだから」

「はーい」

素直に返事をしてウルクと遊びだしてくれたので、詩倫は安心して客を迎える準備の続きにかかる。アルが男を連れて家の中に入ったときにはどうにか用意が調った。

「盗賊に襲われたらしくてね。俺が通りかかったときには足を矢で射られていた後で」

男は身なりから、商人ではないかと彼は言う。しかしアルが助けに入ったときには既に荷物ごと馬も連れ去られて、草原のど真ん中で倒れていたのだと言った。

「ひどい……」

詩倫は思わず呟《つぶや》いた。人ごとではない。詩倫も四年前アルと出会わなければ、この男と同じ運命を辿《たど》っていたのかもしれなかったのだ。ただ自分もこの男もアルに救われた。なにか強い縁のようなものを感じる。

男は足を怪我したこととおそらく落馬したことで身体《からだ》を傷めた。そして盗賊に置き去りにされてからしばらく時間が経っていたようで、ほとんど意識を失っていたらしい。かろうじてカデルにのせることができたので連れ帰ったのだとアルが説明した。

「俺が助け起こしたときにはまだ少しは話もできたんだが」

今は傷のせいで熱があるためか朦朧《もうろう》としていて、言葉を話すことができないらしい。とりあえず手当てをして寝かせておくことにした。

詩倫はユラとリュヤーを連れて、マイラムのところへ薬をもらいに行くことにする。その間、アルは旅の後片づけをすると言った。

「こんにちは。まいらむ、おくすりください」

「くだたい」

詩倫が訪ねていくと、ドーラが出てきた。

「あら、チビちゃんたち。おくすり、ってアルがどうかしたの？」

「ううん。おきゃくさまがけがしたの」

ユラが答えると、ドーラは「お客様？」と驚いたような顔をした。

「そうなんです。アルが族長会議の帰りに怪我をした男性を連れ帰ってきて」

詩倫の言葉にドーラは目を見開いた。

「どっかで聞いたような話ね」

彼女も詩倫がここにやってきたときのことを思い出したらしい。あのときは詩倫もいっぱいいっぱいだったが、ドーラにいつも助けられていたなと感慨深く思う。

「ええ」

詩倫とドーラは顔を見合わせて懐かしい感情に浸る。

「ところで怪我をした、って……その人怪我の具合はどうなの？」

「それが……太腿を矢で射られたようで、アルは応急処置をしたようなんだけど、かなり傷は深かったし、もしかしたら怪我をしてから結構時間が経っているかもしれなくて。それにたぶん飲まず食わずだったんじゃないかな。それで弱っているってこともあるとは思うけど、朦朧としていて……。熱もあると思う」

「わかったわ。まあ、中に入って。マイラムを呼んでくるわ」

詩倫たちが家の中に入ってほどなくすると、マイラムが姿を現した。

「マイラム、すみません。怪我人が今家にいて、傷の薬と滋養の薬を。あと熱冷ましをいただきたいのですが」

「わかったよ。ドーラから少しは聞いたけれど、怪我の程度はどうなんだい？」

「アルがとりあえず手持ちの薬で手当てはしたようなんですけれど、かなり深いところまで矢が刺さっていたようです。顔色も悪いのと今は話すこともできない状態で」

「なるほどね……アルが手当てをしているなら、いくらかはましだろう。ちょっと待っておいで。薬を作ってくるよ」

そう言ってマイラムは奥に引っ込んだ。詩倫は何度かマイラムの薬倉庫へ入らせてもらったが、それはそれは大量の薬草があるのだ。

あの中から適切なものを選んで調合するマイラムの知識の豊富さは、まだまだキリチュの中では敵《かな》う者はいない。アルがマイラムに定期的に教わってはいるが、彼もまだまだだと苦笑していたほどだ。それほど彼女の薬はよく効く。詩倫も頼りにしていた。

薬を待っている間、ドーラにユラとリュヤーを預けて詩倫は一度家に戻った。ユースフが新しい積み木を作ってくれたので、それに夢中になっていたのだ。

男の様子を見たが、傷の痛みがひどいのか、また熱もあるせいなのか、うんうんと唸《うな》っている。脂汗もかいていて、ひどく苦しそうだった。

「シリン、戻っていたの？」

汗を拭《ふ》くためなのだろう、たらいに水を張ったものを持ってきたアルが詩倫に声をかける。

「うん。マイラムの薬が時間がかかるようだから、一度戻ってみたんだけど。——ああ、ユラとリュヤーはドーラが預かってくれるって。ユースフが積み木を作ってくれていてね、二人ともそこから離れなくって」

「へえ。それはよかった。それよりシリン、きみのその目は隠しておいたほうがいいかもしれない。たぶん彼はキャラバンの人間だ。俺がこの人を連れてきておいてなんだが、どういう人間かわからないうちは迂闊《うかつ》に見せないほうがいい」

アルはかつて詩倫が遭った数々のトラブルを思い出して忠告する。詩倫もそれは考えていた。前髪を下ろし、以前アルに買ってもらった赤いスカーフを身に着けることにする。

「わかったよ。でもいい人だといいんだけどね」

「ああ、そうだな。悪い人間を助けたとは思いたくない」

そんな会話を交わし、ひとまず詩倫は食事の支度をはじめる。薬はアルが取りに行くと言っていたので、任せることにした。

「なんとお礼を申し上げてよいか……本当にありがとうございました」

男の名はクムシュといい、アルが推察したとおり、キャラバンの人間だった。アルが彼をこの家に連れてきてから二日間、彼は意識を戻さなかったが、マイラムの調合した薬がよく効いたのか熱が引くと意識を取り戻した。

起き上がれるようになり、食事もできるようになって、アルも詩倫もほっと胸を撫《な》で下ろす。足の怪我も神経には障っていなかったようで、思いのほか軽傷ですんだらしい。ただやはり時間が経ったことで炎症がひどくなり高熱を発したようだった。

クムシュは五人ほどの隊商の長として、西からやってきたという。西からの隊商が商う品物は珍しいこともあって盗賊の餌食《えじき》になりやすい。用心棒を雇ったのだが、その用心棒が盗賊の一味だったということだ。

「欺されたと知ったときにはもう遅かったのです。仲間はちりぢりに逃げましたが、私は逃げられなかった。矢で足を射られて、馬から落ちて……すべて品物は持ち逃げされてしまいました。かろうじてこれだけが残りましたが」

言って、クムシュはいくつかの宝石を手のひらにのせて見せた。宝石は彼の服の中に縫い込まれていて、そこまでは盗賊も見つけられなかったらしい。

「これは助けてくれたお礼として……受け取ってください」

アルにそれを手渡そうとしたが、アルはそれを受け取ることはなかった。

「困ったときにはお互い様です。特にこのあたりを通ったからには、この地域を治める私の責任でもある。ですからそれは受け取れません。私の妻もそう思っているはずです」

丁寧に辞退をするとクムシュは驚いたような顔をする。

礼を受け取らない人間がいるとは思っていなかったらしい。

そんなクムシュにアルはにっこりと笑って口を開いた。

「実はここにいる私の妻も盗賊に襲われたところを私が助け、そしてこうして結婚したのです」

「なんと……そうでしたか。いや、奥様はとても美しくていらっしゃるから盗賊も放っておかなかったのですね」

「ええ。攫《さら》われて人買いに売られるところだったのです。……ですから人との縁というのはどこにどう繫《つな》がっているのかわからない。あなたがもし私にどうしてもお礼をしたいというなら、これから先、困っている人に手を差し伸べてください。そしたら……もしかしたらあなたが助けた人がいずれ私たちを助けてくれるかもしれない。私はそれで十分です」

アルはそう言うと、クムシュへ笑いかけた。クムシュは感心したように大きく頷《うなず》く。

「わかりました。ではそのようにさせていただきます。あなたのような方と出会えて私は心底幸運でした。荷物は持ち去られてしまったが、きっとこれはあなたたちと出会うために必要だったのでしょう。ですが……アルトゥンベックさんが困ったときにはぜひ私を頼ってください。これでもギャルブではそこそこ大きな商売をしているのですよ」

クムシュは「約束ですよ」と繰り返し言った。

「ところで、アルトゥンベックさんの髪の色と目の色……それからそこにいるワンちゃんを見て思い出したことがあります」

クムシュはアルの傍《そば》にいるウルクへ視線をやる。

そして「昔の話になりますが」と続けた。

「北の国……シモールの向こう、さらに北に向かった国にアルトゥンベックさんのような金色の髪を持つ犬使いの一族がいるのです。ご存じですか？」

クムシュはアルに訊《たず》ねる。アルは首を横に振った。

「もう二十年以上前、そうですね三十年にもなりますか。その一族のところに私はよく出入りをしていたのです。当時北の国では珍しい宝石が採れていましてね、その宝石を買いつけに行っていたのです。その犬使いの一族が住んでいた集落の近くに宝石の鉱山があったので、世話になったものです」

懐かしむような口ぶりでクムシュは話をし出した。

「ところで――アルトゥンベックさんは《神の子》というのはご存じですか」

聞かれてアルも詩倫もドキリとする。

「え、ええ」

「そうですか。では話が早い。その一族の族長のお嬢さんというのが神の子で、秋のある日攫われたのです」

詩倫のことを指摘されたのではないとわかり、二人で内心安堵《あんど》する。クムシュは二人の動揺には気づかず話を続けた。

「彼女はとても美しくて、次の族長になる青年と結婚し次の春には出産予定だった。身重だったのです。――犬使いというのは北ではとても重宝されていましてね、宝石の採掘にも役立っていた。鉱脈を探し当てるのには広い山をいちいち歩いて確かめなければならないでしょ？　犬たちを使って、それを探すんです。宝石のある場所は独特の匂《にお》いがあるらしくて、その匂いを辿らせるんですよ。だから多くの採掘者は、犬使いに大金を払って鉱脈を探していた……」

「――ということは攫われたのは……」

「ええ。彼女はとても優秀な犬使いでしたし、おまけに神の子でしたから……いずれにしても大金になると踏んだのでしょう」

クムシュは歯切れ悪くそう言った。

おそらくその彼女を宝石の採取のためと、どこかへ売り飛ばす算段だったのだ。お腹の中にいる子も売り飛ばし、さらに慰み者にでもしようと攫われたのだろう。その事実があまりにむごいため、はっきりと言葉にできずにいるのだ。

「ひどい……」

想像しただけで辛《つら》い、と詩倫はつい口にする。

「そうですよね。私も聞いたときには怒りでいっぱいになりました。……その一族は彼女を捜したのですが、捜しきれず……しかし、遺体も見つからなかった。亡くなっているわけではないと族長は捜すことを諦《あきら》めなかったのです。ですが、やはり愛する子どもがいないというのはこたえたのでしょう。しかももうじき孫が生まれるところだった。それはそれはかなりの衝撃だったかと思います。ですからそのお嬢さんが攫われてすぐに病に伏して亡くなってしまったのです。ただ……彼女の夫が族長を引き継いだのですが、その彼は妻をやはり忘れられなかったようです。今もまだ行方を捜していると聞きました」

言いながら、クムシュは目を細めてアルの顔を見つめる。

アルはクムシュに見つめられ、話を聞いて、なにも言えずにただ黙っているだけだ。

「似ています。その彼に……そして今の族長にあなたがとても」

ごくり、とアルの息を呑《の》む音が聞こえた。

そして詩倫はアルの顔を見る。彼の顔は目を見開いて茫然《ぼうぜん》としているように見えた。

「アル……」

クムシュの話は非常に興味深いものだった。髪の色、目の色、そして犬使い。アルがもしかしたらその一族の出身ではないかと推測させるには十分だった。またクムシュの口ぶりはアルがその攫われた彼女の子どもではないかと言っているのと同じ。

詩倫が声をかけるとアルは振り向き、二人は顔を見合わせた。

もしかしたら。

たぶんアルも詩倫と同じことを考えているはずだ。

「……三十年……近く前とおっしゃいましたね」

ようやく口を開いたアルが上擦った声でクムシュに訊ねる。

「ええ」

「おそらく彼女のお腹の子が無事に生まれていたなら、あなたと同じくらいの年頃でしょう。違いますか」

訊《き》かれて、アルは「そうですね」と答える。

「アルトゥンベックさんは、このキリチュの人ではないとお見受けしました。このあたりの人たちとは明らかに髪の色も目の色も違う」

「…………」

アルは口を噤《つぐ》んだ。そもそものキリチュの民ではないというのは簡単だ。しかし彼は仮にもこの部族の長である。自らそうではないとは口にしたくないだろう。それは彼の育ての父親を否定しかねない言葉でもあるからだ。

「失礼しました。別にあなたがここの部族と無関係だと言っているわけではないのです。ただ、とてもよく似ているものですから。……私もあちらの一族には恩がありますから、折に触れて彼女を捜すお手伝いをしていたため、つい……」

言葉が過ぎました、と謝った。

クムシュの気持ちもわかる。ずっと捜していたその娘の一粒種かもしれない人間が目の前にいるとなれば興奮してしまうだろう。

「しかし、仮にそうだったとして……もう三十年も前のことです。いくらその一族の方々が捜しておられても、私にはどうすることもできません」

「そうですね。あなたにはもうあなたの生活がある。きれいな奥様と、可愛らしいお子さんにも恵まれて……それにキリチュの長という重要な役回りもございます。ですが、あちらにあなたのことをお伝えしたい。よろしいでしょうか」

「それは構いません。三十年も捜していらっしゃったのです。似た人間がいたということをお伝えいただいても――それを断る権限は私にはありませんから」

「ありがとうございます」

クムシュは明日にでもここを出て行くとそう言った。持っていた宝石でロバを集落の者から買い、それでまずはハーボに向かうという。

ハーボには彼の昔なじみがいるということで、そこで帰路につくための支度を調えるということだった。


クムシュが出て行った後、アルと詩倫はマイラムにクムシュから聞いた話をした。

「――という話を聞いたんだ。マイラム、どう思う？」

アルがマイラムに訊くと、彼女はしばらく考える素振りを見せた。

「……そうかい。そういうことが……」

なにか彼女の中で考えをまとめているらしい。うんうんと頷いたり、ぎゅっと目を瞑《つむ》ってみたりしている。

きっとクムシュの話はマイラムにも思い当たることがあったに違いなかった。

「実はね、アル」

そう切り出したときにはすっかりお茶が冷めていた。その冷めたお茶を一口飲み、口を潤してからマイラムは三十年もの間、語られなかった事実を口にしはじめた。

「これは……ザファルには口止めされていたんだけれどね、もう三十年も経ってしまったし、あんたのところにクムシュという客人がやってきたのもそういう導きなんだろう。話をしてもいいということだね。そのクムシュという人の考えどおりだと思うよ、アル」

「……ってことは、俺はその犬使いの一族の出ということか」

「ああ。きっとそうなんだろう。あくまでも推測なんだけれど、そう考えるとすべての辻《つじ》褄《つま》が合うってもんだ。三十年前、ザファルはハーボで一人の女性を助けたそうだよ。というのもあたしはその女性を見たわけじゃないから、ザファルの話によると、なんだけどね」

マイラムの話によるとこうだった。

アルの育ての父親、ザファルは赤ん坊だった彼を連れてきただけで部族の人間になにも言わなかったが、マイラムだけには事情を話していた。

ザファルは商いのためにハーボに行った際、その女性に出会ったらしい。

女性はきれいな金の髪と青い目を持っており、町外れの路地裏で赤ん坊を抱きしめながら倒れていたという。

「ザファルはその女性を助けたんだけれどね、彼女の状態は一目見ただけでもかなりひどいものだったそうだよ。痩《や》せ衰えているばかりでなくて、怪我もしている上、出産してすぐだったそうだ。おまけに産後の処置もろくにできていなかったというんだ。それでザファルはすぐにその親子を自分の宿に連れていって面倒を見たらしい」

「それじゃあその女性が……」

「ああ。しかも彼女はその赤ん坊を自分一人で産み落としたみたいでねえ……ひどく憔《しょう》悴《すい》していて、ほとんど話も聞けない状態で可哀想《かわいそう》なほどだった、とザファルが言っていた。必死に世話をしたけれど、数日も経たないうちにそのまま彼女は亡くなってしまったそうだ」

「…………」

アルは言葉を失っていた。彼にとってもはじめて知る事実ばかりで混乱しているのだろう。

「それでも看病の合間合間に聞いた切れ切れの言葉から、攫われてそこから必死で逃げてきたと言っていたらしい。なんでも……そうだねえ、シリンのことを襲ったウルマスって部族があるだろ。あいつらじゃないか、ってザファルは言っていたよ」

アルの育ての父親のザファルは、亡くなった女性を弔った後、残された赤ん坊を連れてキリチュに戻ってきたのだとマイラムが言った。

「ザファルは当時奥さんも子どもも亡くした後だったからね。それも出産のとき難産で二人を亡くしていたから、ハーボでその女性を助けたときは気が気じゃなかっただろうよ。せめて子どもだけは、ってそういう気持ちだったんじゃないかね。それで亡くした自分の子の代わり……と言っては語弊があるが、だからアルを自分の子として育てたんだ。もう子どもまで亡くしたくなかったのさ」

マイラムの話はかなりアルに衝撃を与えたようだった。

出自が判明しかけて、よかったのかどうなのか。アルの気持ちは複雑なのに違いない。

マイラムのところから戻ると、随分と上の空になっていた。

「……アル？　大丈夫？」

詩倫が声をかけても気もそぞろのようで、生返事しかしない。ユラとリュヤーが寄っていっても、ぼんやりと考え込んでろくに話をしなかった。

「とーさま、ユラのことさらいなった？」

ユラが不安そうに詩倫のもとにやってくる。いつもは笑顔でユラやリュヤーへ接するのに、まるで人が変わったようにむっつりとした表情を浮かべ無言でいる。

それをユラはアルが怒っているのか、避けていると思ってしまったのだろう。半べそをかいていた。

「ううん。父様はユラのこと嫌いになってなんかないよ。今はちょっとたくさん難しいことを考えているだけ。しばらくしたら、いつもの父様に戻るから。だからちょっとだけそっとしておいてあげて。ね？」

「う……ん、わかった。とーさま、にこにこになる？」

「うん、そうだね。なるよ。ユラの大好きな父様になるから、いい子で待っていよ？」

「はい……」

「ん、いい子。ユラもリュヤーもいい子。今日は母様と一緒にパンを作ろうか」

詩倫の提案でユラもようやく気持ちを立て直したらしい。少し元気になって、笑顔が戻っていた。

「うん。ユラ、かーさまのぱんだいすき。めろんぱんがいい……」

「わかった。じゃあみんなで作ろう」


とはいえ、アルはそれからもしばらく思い悩んでいるようだった。

仕事にも気持ちが入らず気もそぞろで、いつものアルではない。頻繁に溜息《ためいき》をついたり、暗く沈んだりしているアルを見ているのが詩倫は辛かった。

彼はいつでも詩倫の太陽であり月であり星だった。ふっとこの世界にやってきたときからずっと。詩倫の世界を眩《まぶ》しくしたのも、目の前を明るく照らしたのも、そして行く道を指し示してくれるのも、すべて彼だった。

だからその彼がこうして思い詰めているときになにもできないことがなにより悔しくて歯痒《はがゆ》い。結局彼の役にはなにも立てないのかと、自分で自分が情けなくなっていた。

「ねえ、シリン、どうしたの？」

アルの様子も詩倫の様子もおかしいと思ったのだろう。ドーラが心配してハーボの土産《みやげ》だというお菓子を持って訪ねてくれた。

「ごめんね、ドーラ。心配かけて」

「私はいいのよ。でもユラとリュヤーもなんとなく元気がないし」

詩倫はドーラに相談することにした。一人で思い悩んでいても埒《らち》が明かない。簡単に話をすると、ドーラは「なるほどねえ」と大きく息を吐いた。

「でも自分が何者かわかったのかもしれないっていうのはよかったんじゃない？　どうしてアルはそんなに悩んでいるのかしら」

ドーラは首を傾《かし》げる。自分の身元がわかったというならいいじゃない、と彼女はアルがなにをそこまで思い詰めているのか、よくわからないらしい。

「たぶん……アルは……ずっとキリチュの人間であろうと努力してきたから。だから今さらおまえは別の部族の人間だと言われても、頭のほうで受けつけないんだと思うんです。それにアルはお父さんのザファルさんのことをとても尊敬しているし、本当の父親だと思って今まで生きてきたから」

自分のアイデンティティーが足元から崩れ落ちるような感覚に陥っているのかもしれない。これまで自分を形作っていたものを否定、とはいかないまでも根底から覆されたとアルは感じているのだと詩倫は考えていた。

「それでじゃあどうしてシリンはそんなに落ち込んでいるの？　アルの問題はアルにしか解決できないでしょう」

「僕は……それこそアルにとっての道標《みちしるべ》がザファルさんだったように、僕にとっての道標はアルなんです。ここでこうして安心して暮らしていられるのもすべてアルのおかげ。その恩人でもある彼が悩んでいるのに、自分がなにもできないのが情けなくて……」

しゅん、と肩を落としながら言うとドーラはぎゅっと詩倫の肩を抱いた。

「なにもできないなんてことないじゃない。しっかりして。シリンはユラとリュヤーのお母さんでしょう。あの子たちが笑顔でいるのがアルにとっても幸せなことなんじゃないの？　それにシリンがアルと一緒になって元気をなくしていたら、アルだって悲しい気持ちになるんじゃない？　きっとアルだってシリンのことは道標だと思っているはずよ。あなたが来てから、アルは本物のキリチュの部族長になったの。周囲から認められるようになったのもシリンがみんなとの心の距離を縮めたからでしょ」

「それは……」

ドーラの言うこともわかる。けれどもっと彼になにかしてやりたいと詩倫は思ってしまうのだ。そんな気持ちをわかっているとばかりに彼女はポンポンと詩倫の背中を叩《たた》いた。

「もっと自信を持って。シリンがそのままでいることが一番アルにとって安心することよ。あなたが揺らいでいたら、アルは迷子になっちゃうでしょ。いつものように明るく笑って、そしてユラとリュヤーを笑顔にして。それがアルにとっても支えになるわ」

「ありがとう、ドーラ。そうだね、僕が普通にしていないとアルは安心できなくなっちゃうものね。僕までおろおろしていちゃダメだ」

「そうよ。いつものようにおいしいパンを焼いていればいいの。ほら、ユラとリュヤーが心配そうに見ているわ。――ユラ、リュヤー、こっちにいらっしゃい。おやつにしましょ」

ドーラがハーボの土産という、日本でいうなら落雁《らくがん》のようなお菓子をユラとリュヤーに与えた。ドーラが持ってきたのはこぶし大の塊で、それを小さく切り分ける。詩倫も小さな塊を一欠片《ひとかけら》もらい、口に含んだ。ヌガーかキャンディというよりやはり落雁といった感じで、噛《か》むとほろりと崩れ、中に入ったナッツや蜜《みつ》の味が口の中に広がる。

その甘さが、凝り固まった心をやわらかくほぐしてくれるような気がした。

「おいしい！」

ユラが大きな声で言うと、真似《まね》をするようにリュヤーが「りゅやもおいしー」と言う。最近、リュヤーはユラの真似をするのがブームのようで、大好きなお兄ちゃんのあとをくっついては、ユラと同じようにしたり言ったりする。

ユラがお茶に蜂蜜《はちみつ》を入れると、リュヤーもねだる。

「りゅや、にいにといっしょ。はちみつ、いれるの」

「わかったよ、りゅやー。ほら、はちみつ。ぼくといっしょだよ」

二人で仲よく、ドーラのお菓子と蜂蜜入りのお茶を飲んでとても幸せそうに笑っている。

「よかったね、ユラ、リュヤー。ドーラにお礼を言って」

満足そうにしているユラとリュヤーはドーラに「ありがとう、ドーラ」と抱きついて礼を言う。その姿を見ながら、ドーラに言われた、二人の子どもが笑顔でいるのがアルにとっても幸せ、という言葉を心の中で思い返していた。


ドーラのアドバイスのとおり、詩倫は努めて普通にしていた。

だがアルの様子は相変わらずで、仕事はきちんとはしていたが、ときおりやはりなにかを考え込んでいる。アル自身も自分の感情を持て余しているのだろうし、もしかしたらクムシュが言っていた、北の国へ行って、その犬使いの一族のところへ行ってみたいと考えているのかもしれなかった。

そういうことも含めてきっとそのうちアルのほうから話してくれるはず、それを待っていようと詩倫は決心していた。

そんなある日、真夜中も過ぎて詩倫は目を覚ました。

「アル……」

アルが身体を起こして窓の外の月をぼんやりと見ている。どうやら眠れないらしい。クムシュが犬使いの一族の話をしたときから、ときどきアルはこうして夜中に起きている。

「眠れないの？」

「ああ、シリン……すまない。起こしてしまったか」

「ううん。それより大丈夫？　ずっと眠れないんでしょう？」

「……ああ。考えても仕方がないのはわかっているんだが……結局、シリンにも迷惑をかけている」

額に手を置かれ、そして髪をゆったりと掻《か》き上げられる。そのやさしい手はいつものアルで、詩倫は「なんにも迷惑なんかかけられてないよ」と答えた。

「クムシュさんの言っていたことが気になっているんでしょう？」

「……そうだな」

シリンは自分の髪の毛を弄《いじ》るアルの手を掴《つか》み、自分の口元へ持っていきキスをする。

「考え込んじゃう気持ちもわかるけど……でも、身体のことを大事にして。アルになにかあったら僕……」

「……悪かった……」

熱い溜息をつき、アルはじっと詩倫を見つめる。

「アルの好きにしていいよ。北の国に行ってみたいというなら行ってきても。僕はここでユラとリュヤーと留守番しているから。アルがしたいようにすればいい」

詩倫の言葉にアルは困ったように小さく笑う。

「うちの奥さんはなんでもお見通しだな」

「アルが留守の間くらい、大丈夫だから。これでももうここで四年も過ごしてきたんだもの。事情を話せば、ユースフだってそれから他のキリチュの人たちもわかってくれる。北の国ってことは、旅をするなら夏の間になるだろうし……行ってきていい。もしかしたらアルの本当のお父さんにも会えるかもしれないでしょ」

「しかし……俺の父は――」

「きっとザファルさんもわかってくれる。アルがザファルさんを大好きで尊敬していたことは、一番よくわかっていたと思うよ。それにアルのお母さんのことを……マイラムから聞いた話を、伝えに行くのもアルの役目だと思う」

「シリン……ありがとう。きみが俺の妻で本当によかった」

「ううん。アルが僕を強くしてくれたから。ここに来た当時の僕はものすごく情けない人間だったと思う」

「そんなことない。でも、そうだな。もっと魅力的になった——キスしてもいい？」

言うやいなや、アルは詩倫に覆いかぶさってきた。そしてそっと詩倫の唇を吸う。

応《こた》えるように詩倫も薄く唇を開き、アルの熱い舌を受け止める。いつしかアルに貪《むさぼ》られるように口づけられていた。

「ん……っ………」

唇がほどかれて甘い声が漏れ出る。キスの合間に目を開けてアルの顔を見ると、情欲を滲ませ瞳《ひとみ》を潤ませたアルが詩倫を見つめていた。

「シリン……いいか」

ときどき……アルが見せる寂しげな瞳。

それはおそらく家族が——自分のルーツがわからないという不安なのだろう。その寂しさを埋めるためにも、詩倫はアルの背中を押してやりたかった。

もしクムシュの話とマイラムの話が同じ女性のことを指しているとするなら、アルにはまだ家族がいることになる。また向こうの一族も三十年も経ってまだ捜しているとするなら——それなら後悔しないように会いに行ってもらいたい。

詩倫は両親とは突然引き裂かれた。それはとても悲しいことだったのだ。別れは一瞬で訪れる。いくら愛している人たちでも次の瞬間には永遠に別れることだってある、と詩倫は学んだ。

ある日なんの予告もなしに別れるしかない、ということの悲しさと悔しさ。詩倫は今でも自分の両親との最後の会話がごくごく簡単なものでしかなかったことを後悔していた。だからアルに本当の家族がいるなら、後悔させないためにも会わせてあげたい。後悔による引き攣《つ》れるような胸の痛みをアルに経験させたくなかった。

「いいよ……。アルの好きにして。アルがしたいこと……僕もしたい」

詩倫が返事をするなり、アルが詩倫の服を脱がせにかかった。まだ春の空気は冷たくて、素肌が空気にさらされると、寒いと感じてしまう。けれどすぐにアルの体温が詩倫を包んだ。

アルの唇が詩倫の背に触れ、肩に触れ、何度も首筋をついばんでいく。

「シリン……シリン……」

珍しく乱暴に詩倫の身体をアルは貪った。乳首を吸い、舌で転がし、身体の隅々にまで赤い痕《あと》をつけていく。全身をくまなく愛撫《あいぶ》するアルはまるで詩倫の身体を食い尽くすようで、骨の髄までしゃぶられる気分になる。

執拗《しつよう》に乳首を弄られ舐《な》めしゃぶられて、詩倫は身悶《みもだ》えながら喘《あえ》ぎ続ける。アルの触れる場所がどこもかしこも火傷《やけど》したように熱くて、そこから生まれる熱が詩倫の全身を甘苦しく侵していった。

アルの指が中で蠢《うごめ》くと、たまらない刺激となって背筋を快感が走り抜けていく。指が二本になり三本となる頃には、股間《こかん》のものが限界近くまで張り詰め、蜜を滴らせていた。

「アル、もう……じらさないで……」

詩倫の蕾《つぼみ》は既に十分にほぐれ、指なんかじゃ物足りないと収縮を繰り返していた。早く熱い楔《くさび》を打ち込んでほしいと、物欲しげに腰が揺れている。

「アル……アル……」

愛撫だけではもどかしすぎて、詩倫はいやいやをするように首を振る。

「シリン？」

顔を上げて詩倫を流し見るアルには、ぞっとするほどの色香が溢《あふ》れていた。その眼に見つめられるだけで胸を高鳴らせながら、詩倫はわななく唇でねだる。

「そこはもういいから……」

「ここか？」

触れられないままに立ち上がって蜜をこぼしている詩倫のものをそっと握った。だが詩倫は首を振る。

「ここ……、欲しい……アル……ちょうだい」

詩倫は自分から膝《ひざ》を立てて足を開き、アルを誘う。詩倫を見つめていたアルがゴクリと喉《のど》を鳴らした。

「そんなに可愛くねだられたら我慢できなくなる」

「我慢なんかしなくていいよ。ここ……アルの好きにして」

指で詩倫は後ろの蕾を開く。

アルは詩倫のこめかみに唇を落とすと、両足を抱え込んだ。二、三度確かめるように入り口を彼の逞《たくま》しいものがそこを突いた後、一気に中に押し入ってくる。

「あぁ……っ！」

ぐっ、と抉《えぐ》るような衝撃に肌が粟立《あわだ》ち、嬌声《きょうせい》を上げる。しかし充足感を伴った快感に、詩倫は熱い吐息をこぼした。

アルは切羽詰まったように動きだす。

詩倫は応えるようにアルの身体に足を絡ませしがみついた。その媚態《びたい》に煽《あお》られたのか、アルの腰の動きがさらに激しくなる。狭い内壁を強く擦《こす》られる感触に詩倫は甘い声を上げ続けた。

「シリン……っ」

アルが詩倫の耳元で名前を呼びながら激しく突き入れてくる。途端に詩倫の背筋を甘い痺《しび》れが走り抜ける。

「ああっ……いい……」

背をのけぞらせた詩倫は、思わず声をこぼしていた。

アルは荒々しいくらい強引に突き入れたかと思うと、左右に小刻みに揺すってくる。そうかと思えば腰を回すように動かしもした。中を抉り、激しく穿《うが》つ。

「いいっ……いい……っ、アル……ぅ」

詩倫は背を反らせて喘ぎながらアルに縋《すが》りついた。汗で手が滑り、無意識のうちに爪《つめ》を立てていた。

「今日はどうしたの？　随分といやらしいが」

目を細めてアルが意地悪なことを言う。

「アルのこと……好きだから……愛してるから……」

愛しているから欲しいものを与えたい。自分を求めてくれるというなら、自ら差し出すだけだ。この身体はアルのものでもある。キリチュで詩倫を生かしてくれたのはアルだったから。

詩倫の言葉にアルもぶるりと震え、その目には情欲の炎が宿っているかのように見えた。

それが証拠に詩倫の中のアルのものがずくりと体積を増して大きくなり、みちみちと詩倫の中をいっぱいにする。

「シリンのここ……ぬるぬるになって俺のを咥え込んで……離したくないって締めつけているみたいだ」

詩倫の耳孔に舌を差し入れながら囁《ささや》く。

恥ずかしいことを言われてもそれは情欲を煽るだけ。さらに欲望の炎を大きくするだけだった。

耳の奥に息を吹きかけられて、詩倫の全身にさざなみのような快楽が走り抜ける。

自分の内壁と、中にいるアルのものとが溶け合っていく。脈を打っているのが彼のものなのか、それとも自分なのかがもはやわからなくなっていた。

「乱暴にして。メチャクチャにしていいから……っ」

快楽のあまりの涙声で喘ぎながら言うと、アルの動きはますます激しいものとなる。

詩倫は翻弄《ほんろう》されて、なにも考えられなくなっていた。

「そうやって……可愛く俺を求めてくれ。……もっとだ」

限界いっぱいに開いた最奥から欲望の大きさが覗《のぞ》いては埋め込まれ、口をついて出るのは意味をなさない喘ぎ声ばかりで、ただ夢中になって与えられる快楽を貪るだけだ。

「やっ……やっ……アル……奥にきて……もっと……」

背に回した手のひらの下で、アルの筋肉がうねっている。

そうしてアルがさらに詩倫の奥を抉り、詩倫は歌うように高い声を上げる。

気持ちがよくて、ひとつになっているのが幸せで、アルの甘い声に酔うだけだ。

「シリン……愛してる……シリン」

立て続けに敏感な部分を激しく擦りたてられて、詩倫は遙《はる》かな高みへと押し上げられ目の前が真っ白に染まる。

「ああっ！　あぁぁっ……イく……イくっ！」

悲鳴のような嬌声で限界を訴えると、直後に詩倫は触れられないまま精を迸《ほとばし》らせていた。

達した後の痺れる余韻をそのままにとろけた詩倫の蕾をアルが腰で掻き回した。そのたびにびくつく詩倫が白濁の蜜を飛ばしていく。

やがてアルが奥に叩きつけた飛沫《ひまつ》が絶頂を長引かせ、詩倫のものは際限なく蜜をこぼし続ける。

それでもまだ終わることはなく何度も詩倫を激しく求め、詩倫もアルの精を受け止め続けた。

そうしてアルは荒い息のまま、詩倫をきつく抱いて暗闇《くらやみ》に目を閉じる。

まるで詩倫を守りたい……いや、詩倫にしがみつきたいとでも思っているように。


結局夏の盛りの間、アルは北へ向かうことはなかった。思いのほか、うれしいことに羊が増えてしまったこともあるが、タイミングを逸しているうちに旅に出そびれたということもあった。そして、アルの気持ちもいくらか落ち着いたらしい。あの日詩倫を激しく抱いた後は、いつもの穏やかな彼だった。

そして、秋風が吹きはじめた頃――。

「シリン、キャラバンが来てるよ」

ドーラが市が立っていると誘いに来る。冬が訪れる前に必要なものがあれば買っておいたほうがいい。この夏はアルもハーボにはそうそう出向くこともできなかったから、砂糖や茶が少し足りないかもしれない。本格的に寒くなる前の今のうちに商人が来てくれたというのはキリチュの人たちにとっても詩倫にとっても助かることだった。

市が立っている広場に詩倫はユラとリュヤー、そしてウルクと一緒に出向いた。

商人は今回数人の小隊のようだったが、品揃《しなぞろ》えは豊富だ。詩倫は砂糖と茶、そしてユラとリュヤーのためのものがあればと目をこらした。

詩倫は主に買い物をするだけだが、他の人間は、作った絨毯《じゅうたん》や刺繍《ししゅう》やフエルトを商人に売るなど取引をしている者もいる。さすがに冬支度前ということもあってか、市はたくさんの人が訪れていて賑《にぎ》やかだった。

「かーさま……あのね」

ユラが詩倫の服の裾《すそ》を引いた。

「ん？　なに？　どうかした？」

見ると、ユラはウルクのほうを見て、なにか言いたそうにしている。リュヤーはユラと手を繋いで、詩倫を見上げていた。

「うるくが、あのひとたちきらいって」

「え……？」

言われてウルクを見ると、ぐるる……と低い声で唸りながらじいっと詩倫を訴えるように見ている。

アルの血を引く子どもたちだ。しかも自分との間に生まれたということはなにかしらの能力を有していてもおかしくはない。ときどき、ユラたちがウルクの言葉を理解しているのでは、と思うこともあったが、ウルクが常に子どもたちの傍にいることもあって、そのせいだろうかと考えていた。が、どうやらそうではないのかもしれない。

ウルクが嫌い、と訴えているとすれば、もしかしたらあまり好意の持てる人たちではないのだろう。一応警戒しておく必要はあった。ともかく、買い物だけはして、できるだけ早くに家に帰ることにした。

「ウルク、ありがとう。でも買い物だけはしたいから……」

きょろきょろとあたりを見回すとちょうどニーサの姿が見えた。

「ニーサ！」

呼ぶとニーサが手を振りながらこちらへやってきた。

「シリン、あんたも来てたんだね。おや、ユラとリュヤーも一緒かい。あっちできれいな色の飴《あめ》があったよ」

ニコニコ顔のニーサに、ユラとリュヤーは「こんにちは、にーさ」と挨拶《あいさつ》をする。

「ああ、こんにちは。……？　シリン、どうしたんだい。浮かない顔をして」

「ニーサ、頼みがあるんです」

「なんだい？」

「ここでちょっとユラとリュヤーを見ていてもらえますか？」

ニーサは首を傾げる。

「一緒に連れていけばいいじゃないか。せっかくだし」

「いえ……ちょっと……」

子どもたちを連れていきたくないと言う詩倫にニーサも深くは詮索《せんさく》しなかった。きっとなにか事情があると感じてくれたのに違いない。

「わかったよ。ユラ、リュヤー、ニーサと一緒にいるかい？」

「「はーい！」」

同時に二人で返事をする。詩倫はウルクに「ウルク、二人を頼むね。僕、ちょっと買い物してすぐに戻ってくるから」

詩倫が屈《かが》み込んでウルクに頼むと、彼は「ワン」と任せておいてと言わんばかりに一声吠《ほ》えた。

詩倫は商人のところへ行き、砂糖とお茶を求める。さっきニーサがきれいな色の飴があったと言っていたのを思い出して、ユラとリュヤーのために赤や青や緑色の飴を少し多めに買った。

できるだけ手早く買い物を終えて、待っているユラたちのもとに戻ろうと踵《きびす》を返すと、商人たちと集落の男たちが世間話をしているのを耳に挟む。

「ああ、そうですか。もう今年最後の遊牧に。では皆さんで行かれるんですか」

「まあ、そういうことになる。みんなで精霊に祈りを捧げるんだ」

「今年の冬は雪が多いって話を聞きましたよ。山の鳥が高いところに巣を作ってるって」

「へえ。じゃあ、薪《たきぎ》も多めに用意しておかないとなあ」

他愛《たわい》もない話だったが、詩倫は嫌な胸騒ぎがした。

今年最後の遊牧は冬支度もあり、男たちのほとんどが集落を留守にする。商人が会話を上手く誘導しているような気がしたのと、会話の途中で企《たくら》むような表情を見せたのが気になったのだ。

それに、商人は男と会話しながら、ちらちらと詩倫へ視線を向けていた。気にしすぎかもしれないが、気分のいいものではない。

キリチュにずっといるとつい忘れてしまいがちになるが、自分は他とは違う。そもそも中身が地味だっただけに、人目を惹《ひ》く容姿とオッド・アイを持つ特殊な人間だというのがいまだにピンとこないのだ。

とはいえ、アルやドーラからきつく言われていることもあって、詩倫もこんなふうによそから人が来るときには、できるだけ布をかぶったり、前髪を下ろしたりして、自分の目を隠していた。もちろん今日もスカーフをすっぽりとかぶり、できるだけ目を見られないようにしてやってきている。

だが、あの商人の不躾《ぶしつけ》な視線はやけに気になった。

ウルクの反応もあるし、どうにも不安が過《よぎ》る。

とりあえず、買い物を終えた詩倫はニーサのもとで待っている子どもたちのところへ戻る。

「ありがとう、ニーサ」

「たいしたことはしていないよ。それにあたしもチビちゃんたちと話ができて楽しかった。あ、そうそうこの間アルトゥンベックに弓を調整してもらったんだ。おかげで随分とよくなったよ。よろしく言っといてくれ」

詩倫はニーサと別れ、子どもたちを連れて家へ帰る。

家に戻るとアルが厩舎《きゅうしゃ》でカデルの毛並みを整えていた。数日後の遊牧に備えて、アルも支度をしているのだ。そう、遊牧にはアルも出かける。

「おかえり、シリン。市が立っていたんだって？」

「うん。砂糖とお茶を買ってきたよ」

するとリュヤーが「あめ！　にいにとあめたべゆ」とにこにこ顔でアルに報告する。

「あめ？　そうか、飴を買ってもらったんだね。じゃあ、ユラと向こうで食べておいで」

はーい、と二人で飴の袋を持って駆けていった。

「シリン？　なにかあったのか？」

「う……ん。実はね――」

詩倫はユラとウルクの話、そして商人たちと集落の男たちの会話のことをかいつまんで話して聞かせた。

「穿った見方なのかもしれないけど、なんか怪しいって思ってしまって……ウルクも警戒していたし」

「そうか……。シリンの不安はともかく、ユラがウルクと、っていうのはやはり少し驚いたな。あの子にも俺と同じ力が備わっているんだろう」

「うん。だからよけいに心配になって」

「そうだね。それじゃあ、明日にでもマイラムのところに行って占ってもらえばいい。今のところは……特に不穏な動きもないし周りの犬たちもおとなしい。シリンの思い過ごしってこともあるし」

「そうだね。明日にでもマイラムのところに行って占ってもらうよ」

詩倫の不安な気持ちを煽るように、冷たく強い風が吹き抜けていった。

いよいよ放牧へ出発の日になった。

詩倫の不安は杞憂《きゆう》とばかりに、あの商人たちは商売を終えるとすぐに立ち去ってしまったし、マイラムの占いも混乱の相は出ているものの、悪い結果ではないという。

「まだ心配？」

アルに訊かれ詩倫は苦笑いを浮かべる。やはりまだ不安は拭《ぬぐ》えなかった。

というのも、今朝《けさ》食事のときにつわりのような症状を覚えたからというのもある。なんとなく気持ちが悪いと思ったが、考えてみたら先月発情期が来ていて、そのときにアルに抱かれていた。

（赤ちゃん……できたかな……）

妊娠は三度目だ。おそらく間違いはないと思うが、これから出かけようとするアルには心配をかけたくなくて、言わずにいた。

（あとでマイラムのところに行ってこよう。今は……アルが安心して出かけられるように送り出さなくちゃ）

詩倫はアルに笑顔を見せる。

「大丈夫。ごめんね、心配かけちゃって」

「いや。シリンが不安に思っても無理はないさ。まあ、今回はそれほど遠くに行くわけじゃないし、それに期間も短い。すぐに戻るよ」

「うん、わかってる。気をつけてね」

「ああ。ウルクは残していくから、きっとあの子が守ってくれる。それから――」

そう言ってアルは詩倫に小さな笛を手渡した。

「これは……」

手のひらの上の笛を見て詩倫は目を丸くする。

「お守りだ。使うことがないことを祈っているが、いざというときのために持っているといい。使い方は知っているね？」

「うん。でも……いいの？」

「ああ。俺はこれがなくても大丈夫だから。これはシリンでも使えるものだ」

アルは詩倫の手を取って、その笛ごとぎゅっと握る。

その笛は犬にだけ聞こえる笛で、吹けば近くにいる野犬を呼び寄せてくれるものだった。

そしてなによりアルの大切なもの――彼の母親の唯一の形見なのである。彼の母親が持っていたただひとつのものだったらしい。

「なにかあったらこれを吹けば犬たちがやってくる。ウルクにも言い聞かせておくから、助けてもらうといい」

「……ありがとう。こんな大事なもの。アルのお守りって言っていたのに」

アルはぎゅっと詩倫を抱きしめる。

「俺の宝物をまず守ってほしいからね。シリン、きみとユラとリュヤー。俺の大事な大事な宝物だ。シリンたちの無事がまず第一。だからこれを持っていて」

笛を詩倫に預け、いってきます、とアルは羊を連れて放牧地へ向かっていった。


男たちが留守にして、二日が経った。

今のところなにもなく、詩倫は安堵する。ウルクも特に警戒している様子はなく、やはり自分の思い過ごしのようだった。

それよりも――。

「おめでただね」

つわりのようなむかつき感を覚えていた詩倫はマイラムのところで身体を診《み》てもらう。

するとマイラムはにっこり笑って詩倫の頬《ほお》をやさしく撫でた。

「アルはきっと喜ぶよ。それにユラとリュヤーもね。あの子たちがお兄ちゃんになるんだ。今度は女の子がいいね。アルが帰ってくるのが楽しみだ」

おめでとう、と言われ、詩倫も喜ぶ。そして詩倫もアルが帰ってくるのが楽しみになる。

（うれしい……アルもきっと喜んでくれるよね）

アルは子どもは何人いてもいい、といつも言っている。アルも詩倫も家族を早くに失っているから、家族が増えることはなによりうれしいことなのである。

この世界にやってきて、自分が子どもを産める身体だということを知ったときには、驚いて戸惑ったが、今ではこの身体を与えてくれてよかったと思える。

自分の身体に新しい命を宿せる……そして今また新しい命が芽生えているのかと思うと、それがアルとの子だと思うととても幸せだった。

「ユラ、リュヤー、次の春が来たら、お兄ちゃんになるよ」

二人の子どもにそう告げると、二人は大きな目をさらにまん丸く見開く。

「おにいちゃん？　ゆら、おにいちゃんになる？」

「りゅやも？」

「そう。ユラもリュヤーもね。リュヤーはにいににになるんだよ」

「にいに！　りゅや、にいになる？」

「うん。リュヤーもにいにになるよ」

言うと、二人はぴょんぴょんと飛び上がって喜ぶ。

「ゆらね、いもうとがいい！」

「いもうと！」

いもうと、いもうと、と言いながら、ぐるぐると走り回って二人で大変な盛り上がり方をしている。よほどうれしかったのだろう。その様子に詩倫はクスクスと笑った。


幸せに浸り、アルの帰りを待つだけと思っていたその次の日のことだった。

「大変だ、シリン！」

ドーラが詩倫の家に飛び込んできた。

「物騒なのがやってきた。あんたたちは隠れておいで」

息を切らして真顔で告げるドーラに詩倫は目を見開く。

「どういうこと……？　物騒って……？」

「今朝、早くに隊商のような集団がやってきたんだけどね、あれは違う。おそらく昔あんたを攫おうとしたって部族のやつらだ。あの馬具の飾りを、見間違えるはずはない」

ドーラの説明によると大きな隊商がやってきたのだが、商売をするには荷物が少ないという。しかも馬の鞍《くら》についている飾りが、以前アルが話をしていた、詩倫をはじめに襲ったウルマスという部族のものだという。

「ちょうどニーサがその連中が話をしていたのを聞きつけたのさ。そしたら《神の子》って言葉が飛び出したというんだよ。……ってことはあんたを捜してるんじゃないかってね」

窓の外を窺《うかが》いながらドーラが言う。

心当たりがあるとすれば、やはり先日の商人……そう考えるのが妥当だ。これまで四年、なにごともなくやってこられたが、いつかこういう日がくるのではないかと詩倫もそしてアルも思っていた。

キリチュの人間は自分の集落に《神の子》がいることはけっして口外しない。なぜならその存在が知られれば、他の部族に盗られかねないからだ。富をもたらしてくれる存在であると言われるが、ただの言い伝えではなく詩倫がやってきたことで実際恩恵をもたらしていた。

というのも、詩倫がここにやってきてから、羊の出産率が格段に上がった。また天気に恵まれ、作物の出来もいい。その理由のひとつにはアルが以前と異なってキリチュの人間に認められ、部族長としての辣腕《らつわん》を振るったことで、効率化がされて収益が上がったというこ とがある。しかしそれも詩倫がやってきたからとも言えた。またおいしいパンの作り方を女性たちに教えたことで、女性たちから詩倫への信頼は厚い。それゆえ詩倫はキリチュの人間から大事にされている。

万が一のため詩倫も自分で身を守れるように弓の練習はしていた。まだ刃物を持っての戦いというのは恐怖心が先に立ってできずにいるが、弓ならばかろうじて狩りでも少しは獲物を得ることができるだけの腕前にはなった。

「シリン！　いるかい！」

ドーラに続いてニーサがやってくる。

詩倫の姿を認めて、ホッとしたような顔をしていた。

「ああ、よかった。あんたがこの間商人を警戒していたのは正解だった。けど、どうやらあんたはその目をどこかで見られていたらしい。連中があんたを捜してる。あいつらは札付きのワルだ。出くわしたらなにをされるかわかりゃしない。……ひとまずチビちゃんたちはあたしが引き受けようか？」

ニーサも心配して詩倫のもとに駆けつけてくれたのだった。二人に感謝しながら詩倫は大きく頷く。

「ありがとう、二人とも。ユラとリュヤーは……」

言いながら詩倫は二人の子どもへ視線をやった。二人はドーラとニーサが慌ててやってきた上、怖い顔をしているので驚いて半分泣きそうな顔をしていた。詩倫は二人の傍に足を向け、大切な子どもたちをぎゅっと抱きしめる。

「かーさま……ゆら、かーさまといる」

「りゅや、かーさまいっしょ」

「そうだね。一緒にいようね。大丈夫。父様がお守りをくれたからね。これがきっと守ってくれる」

自分に言い聞かせるように詩倫は首から提げている笛を握りしめた。

二人の子どもとそして今、自分の身体の中で息づいている新しい小さな命。どうしても自分はこの三つとそして自分を守り切らなければならない。

（アル……守って……）

ぎゅっと目を瞑り、祈るように内心で呟く。

「ドーラ、ニーサ、子どもたちは僕がちゃんと守ります。でも……なにかあったらそのときは」

「なにを言っているんだい。縁起でもない。とにかくわかったよ。シムシェクんとこの息子が既に少し前にアルトゥンベックのところへ使いに向かっている。じきに戻るとは思うがそれまで間に合えばいいが……」

「大丈夫です。ウルクもいるし」

詩倫はニーサの目を見てきっぱりと言い切った。その顔を見てニーサはにっこりと笑う。

「いい顔だ。あたしもあんたたちの無事を祈るよ。さ、隠れておいで」

「はい」

詩倫は子どもたちを連れて、厩舎に潜むことにした。厩舎ならいつでも飛び出すこともできるからだ。家の中、とも考えたが、いざというときに逃げ道がなくなるのは避けておきたかった。

愛用している弓を持ち、いざというときのナイフを腰に下げ、少しのお菓子を懐に忍ばせてユラとリュヤーとウルクとともに厩舎に向かった。

「窮屈だけど二人とも我慢できるね？」

二人の子どもは黙って小さく頷く。声を出してはいけないよ、とドーラとニーサに言われたこともあってか、こんなに小さくとも、現在の緊迫した状況は理解しているようだ。

アルに似た聡《さと》い子どもたちに詩倫は感謝する。

ファスルと干し草の陰に隠れ、連中が諦めて立ち去るのを待つ。だが、少しの間ならよかったのだろうが、やはり三歳と二歳の子どもには長時間隠れているというのは無理があったようだ。頭のてっぺんにあったお日様が傾きはじめた頃、そろそろじっとしているのに飽きたリュヤーがぐずりはじめる。

「りゅや、おなかすいた」

次いでユラも空腹を訴える。一応お菓子は少し持ってきてはいるが、それで空腹は満たせない。家に戻ってなにか取ってこようかと思案していたところ、リュヤーが飛んでいる蝶々《ちょうちょう》に気を取られ、追いかけようと飛び出した。詩倫も思わず厩舎から飛び出す。

「リュヤー……！」

そのときだった。

「いたぞ！　こっちだ！」

聞いたことのないダミ声が聞こえる。はっとして声のほうを見ると数人の屈強そうな男がこちらへ向かってくる。

「おいおい。本当にいたぞ。あの目は間違いない」

一人の男が詩倫の顔を捉《とら》えたらしく、色の異なる目をまともに見られてしまった。

詩倫は手にしていた弓を構え、弦を引く。だが、たった一人の弓に対し、相手は複数だ。しかも手練《てだ》れでもない弓などおそらく相手にとっては恐るるに足るものではない。

ニヤニヤとしながら詩倫を追い詰めていく。

すると横からウルクが男たちに飛びかかっていった。

「ウルク！」

ウルクは勇敢に男たちに立ち向かう。アルがウルクを残してくれてよかった、と詩倫は改めてアルとウルクに感謝する。

「ユラ、リュヤー！」

詩倫は二人の子どもを抱え、必死に走り、男たちから逃げる。こんなところで捕まりたくはない。今の幸せを手放したくはない。

騒ぎにドーラや他の女たちが加勢しようと飛び出して、男たちに石礫《いしつぶて》を投げたり、砂をかけたりするが、相手にとってはろくな抵抗でもなかった。せいぜいが子どもの悪戯《いたずら》程度の攻撃に涼しい顔をしている。体格も違えば走るスピードも子どもを抱えて走っている詩倫とは段違いだ。次第に距離を縮められる。

だが、ふいに飛んできた石礫が男に命中し、それで詩倫にアルから預かった笛を吹く余裕ができた。詩倫は笛を口に含み、大きく息を吸うと思いっきりそれを吹く。

しかしその笛は奇妙な音しか鳴らない。果たして笛なのかというほどの変な音だ。その妙な音のする笛を必死に吹く詩倫に男の一人がゲラゲラと大きな笑い声を上げた。

「妙な笛だな。そんなもんなんの役に立つ。いいかげん観念しな。四年前に仲間がおまえを取り逃がしちまったが、捜し回ってた甲斐《かい》があったってもんだ。金色の髪の男がおまえを助けたと聞いてな」

四年前、あのときアルが叩きのめしたうちの一人にうまく逃げ帰ることができた者がいたらしい。金色の髪を持つ強い男、その手がかりでここを突き止めたのだろう。アルもあの容姿だ。しかも部族長でもあるし噂《うわさ》になりやすい。

「まったく……子どももいるってことは本物の神の子ってことだ。ここにいるって話を聞いてやってきたが本当だったたな。その子どももおまえの子ってことは能力者かもしれねえし、そいつらも高く売れそうだ。ようやく俺たちにも運が巡ってきたってことだな」

ハハハ、と高笑いをし、男たちは残忍そうな目をしながら、ニヤニヤと詩倫に詰め寄ってきた。逃げても無駄な状況の中、じりじりと嬲《なぶ》るようにゆっくりと、詩倫の恐怖心を煽りながら足を進めてくる。

（助けて……アル……）

祈るように、詩倫は再び笛を吹く。

「無駄だっつってんだろうが」

　バカにするように男が言ったときだ。

　遠雷のように馬蹄《ばてい》の響きが聞こえ、砂煙が上がった。次いで狼狽《ろうばい》と驚きの声、そして悲鳴が詩倫に詰め寄っていた男たちの中から上がると、数頭の犬が男たちに襲いかかった。

「うわぁっ！」

　次々に見たこともない犬たちとそして詩倫を追ってきたウルクが男たちに飛びかかる。犬たちはかなり統制が取れていて、訓練されているようでもある。

（アルは笛を吹いたら近くの野犬が……って言っていたけど）

　とても野犬とは思えない戦いぶりに目を瞠《みは》った。

　犬たちの活躍に驚く間もなく、さらに騎馬の一隊が姿を現した。馬上には剣を振りかざした男。圧倒されるように茫然としている詩倫の目の前で金属音を鳴らし、みるみるうちに暴漢を蹴散《けち》らしていく。騎馬の男たちはみんな金色の髪を持っている。もしや——と思ったが、今は考えている余裕はまったくなかった。

「逃げろ！」

　騎馬の男のうち、年かさの男が詩倫に向かってそう叫び、詩倫は言われるがままに子どもたちを抱えて走る。

しかし、暴漢たちの応援と思われる馬がすぐさま駆けつけてきて、詩倫は足を止めた。次から次に訪れるピンチに、詩倫もそして子どもたちもただ怯《おび》えることしかできなかった。ひたすら早く暴漢たちが立ち去ることを祈る。

「…………っ！」

目の前の戦いに気を取られて背後にまで気が回らなかった。詩倫は後ろから腕を掴まれる。子どもたちを奪われそうになり無我夢中で振りほどこうとした。が、男の力は強い。

「おとなしくしてな」

これまでか、と目をギュッと瞑ったときだ。

「シリン！」

アルの声が聞こえた。詩倫はその声に必死にもがいて暴漢から逃れようとする。あまりに詩倫が暴れるので男は怯《ひる》んだ。そこに馬を走らせたアルが、馬上から矢を射る。アルの放った矢は鋭い軌跡を描き、背後から男の肩を貫いた。

それでも男が襲ってこようとする。

「ウルク！」

アルが呼ぶとウルクが男に飛びかかって腕や足に噛みつく。そしてさらにアルが愛馬カデルから下りて、詩倫たちの盾となるよう男の前に立ち塞《ふさ》がる。

「俺の家族にこれ以上触れようとするなら覚悟しておけ。おまえの首が飛ぶぞ」

その表情は鬼気迫るものだった。殺気をまとわせ剣を構えるアルに男はすごすごと後じさる。そうして怪我をした手足を庇《かば》いながら逃げていった。

「シリン、ユラ、リュヤー大丈夫か」

自分たちへ振り向いたアルはもう、いつものやさしいアルだった。

「「とーさま！」」

「アル……！」

駆け寄っていったユラとリュヤーをアルは抱きしめる。

「無事でよかった……」

アルは家族の無事にしみじみと安堵の表情を見せる。そのときちょうど、例の騎馬に乗った一隊もウルマスの連中を一掃したようだった。

アルは騎馬隊の長と思われる男――詩倫に向かって逃げろと叫んだ男――に向かって歩いていき、深々と頭を下げる。

「助けてくださってありがとうございました。あの……」

あなた方は、とアルが続けようとしたところで、一人の男がアルの前に進み出た。

「アルトゥンベックさん、お久しぶりです」

その男は以前アルが助けた商人、クムシュであった。

「あなたは……」

「その節は、大変お世話になりました。こちらの方々は前にお話をした、犬使いのトゥーリの民の方々です。あなたの話をしたらぜひ彼らが行きたいと――私が道案内をして参りました」

クムシュはにっこりと笑う。

「それでここまでやってきたら、大変なことになっておられた」

そこまで言うと、長《おさ》と思われる騎馬に乗っていた年かさの男が馬を下りて、前に進み出てアルの前に立った。

「トゥーリの長、オッツォです。クムシュに話を聞いてやってきました。犬笛の音にうちの子たちが反応しましてね。それにここの彼――」

と言いながら、いつの間にかアルの傍に控えていたウルクへ視線をやる。

「この子が助けを求めていた。それで僭越《せんえつ》ながら加勢したわけです」

「ありがとうございます。私はアルトゥンベックと申します。おかげで私の家族は無事でいることができました」

アルが丁寧に礼を言う。オッツォは犬笛の音が聞こえたことでやってきたと言い、詩倫は自分が吹いた笛は無駄ではなかったと、改めて胸を撫で下ろす。

そしてオッツォはアルの姿をまじまじと見つめていた。

(アルみたいだ……)

オッツォはアルにとてもよく似ていると詩倫は感じた。おそらくクムシュもオッツォ自身もそう思っているはずだ。金色の髪も青い目も、彼を若くしたらきっとアルと瓜二つ《うりふた》の容貌《ようぼう》になることだろう。


トゥーリの一行を詩倫たちは招き入れた。

遠くからの客人を迎え入れ、キリチュでは集落を挙げて祝宴を開く。宴は夜を徹して賑やかに行われた。

「奥方のその目を見ていると、私の妻を思い出します」

オッツォが詩倫の瞳を見て、目を細める。

「私の妻もあなたと同じ瞳の持ち主でした。そしてあなたが今身に着けているその笛ですが――申し訳ないが、その笛を見せてくれませんか」

詩倫がアルへ許可を求めるように目配せすると彼は頷く。詩倫はオッツォに笛を手渡した。彼はその笛をまじまじと見る。

「ああ……やはり……」

オッツォはその笛を見ながら、涙をこぼした。屈強な男の涙に詩倫は驚く。

「いや……失礼しました。これは……私が妻に贈ったものだったものですから」

え、と詩倫とアルは顔を見合わせた。

オッツォは笛の裏の一箇所を指さして言った。

「ここに……花の彫刻を施しているですが、これは彼女の名前……キエロという花なのです。彼女の名前の花を彫って、私は彼女に贈ったのです」

彼の言うとおり、笛には小さな花の彫り物がされていた。

「これは……私の母が持っていた、と育ての父が言っていました。これは私の母の形見の笛……ではやはり」

アルはオッツォの顔をじっと見る。オッツォもアルを見つめて唇をわなわなと震わせていた。

不思議な縁がアルとオッツォを結びつける。親子の縁は切れてはいなかったらしい。

「オッツォ……あなたが私の父なのですか」

「ああ……ああ、そうだ。アルトゥンベック、あなたが私の息子だったのだね」

　アルとオッツォは二人互いに抱きしめ合う。三十年を経て、ようやく本当の家族に巡り会えたのだった。

　キエロというアルの母親――オッツォの妻――は、詩倫と同じく《神の子》だったらしい。犬使いでもあり、貴重な存在。だから盗賊たちは彼女を攫っていったのだ。

「ずっとキエロの行方を捜していた。が、手がかりはなにもなく……それでも私は捜すことを諦められなかった。三十年、ずっと。諦めようとしたこともあったが……諦めなくてよかった。こうしてきみに会えた」

　オッツォは歓喜の涙を流し続ける。

「私も……すべての謎《なぞ》が解けて、この髪と目の色を誇ることができます。あなたのような勇敢な方が父親でうれしい」

　アルは心からの笑顔を見せている。その顔を見ながら詩倫はよかった、と心から思うのだった。

数日間、トゥーリの一行はキリチュに滞在していた。

オッツォは息子だけでなく、一気に孫までできて相好を崩す。ユラもリュヤーも祖父ができたとあって、とてもうれしそうにし、オッツォにめいっぱい甘やかされていた。

「本当にトゥーリには来てくれないのか」

寂しそうにオッツォが言う。

「ええ、オッツォ。申し訳ありません。私はキリチュの長です。ようやくここで自分の居場所を見つけることができました。ここのみんなはかけがえのない、自分の仲間たちなのです。そのみんなを放って出て行くわけには……」

「そうか。残念だが……。三十年も経ってしまったし仕方がない……しかし、我々はいつでもきみのために駆けつける。それだけは忘れないでいてくれ」

「そのことですが、オッツォ。よろしければ、キリチュと正式に友好関係を結びませんか？　そうすれば互いに協力し合うことができます。行き来もできるようになる。私たちもオッツォのためになにかできることがあるはずです」

アルの提案にオッツォは「喜んで」と握手を交わす。

絆を結ぶことで、遠方の友ができたと思えば、キリチュにもトゥーリにもとても喜ばしいことだ。

「それはそうと、あのウルマスのやつらだが。今使いをやって、ちょっとした報復をしている。これでしばらくはおとなしくしているだろう」

聞くと、オッツォの仲間たちが連中の羊や山羊たちをすべて逃がしてしまったことで彼らの財産はまったくなくなってしまったらしい。

よって、しばらくはおとなしくなっているだろうということだった。

顚末《てんまつ》を聞いて、アルと詩倫は苦笑いした。

「ところで、マイラムに話を聞いたんだが、きみたちは正式に婚礼をしていないと」

オッツォはザファルのことを聞くためにマイラムとも話をしていた。そこでアルと詩倫が正式に婚礼の宴を開いていないことを聞いたのだという。

「ええ……シリンはその……どこの部族の出かわからないもので、支度ができなかったのです。それで」

「それはいけない。今からでもぜひ婚礼の宴は開くべきだ」

オッツォはそう言う。確かにアルの本当の家族——父親がわかった今、宴を開くのはいいが、詩倫はもともとがこの世界の人間ではない。それに、婚礼のための準備ができていない。

こちらでは嫁入り支度がなければ正式に婚姻関係を結んだとは言えないのだ。

「シリンの嫁入り支度については心配ない。きみたちさえよければ、それは私のほうで用意させてくれないか」

え、と詩倫とアルがオッツォの顔をまじまじと見ると、彼はにっこりと笑った。

「キエロが……きみの母親が私のところへ嫁いだときに持参してきた絨毯や布がまだある。シリンにぜひそれを使ってほしい。そうすればキエロもきっと喜ぶはずだ」

アルはそれを聞いて、詩倫に「どうする」と訊いた。

「あの……僕……いただけるならぜひそれを譲ってもらいたいです。アルのお母さんの絨毯や布なんてうれしい……アル、僕使いたい。お願いしていいですか」

「ああ、そうだな。俺もうれしいよ。――オッツォ、お願いしていい？」

「もちろんだ。では早速婚礼の日取りを決めよう。雪が降る前がいい」

もしかしたら持参品に足りないものもあるだろうが、とオッツォが言うと、マイラムやドーラ、それから集落の他の女たちが用意をしてくれると申し出てくれた。

まさか婚礼の宴を開くことになるとは、と詩倫は思いがけないことにとても喜ぶ。幸せでいっぱいになり、胸が詰まった。

「かーさま？　ないてるの？　かなしい？」

「なみだ、ないないして？」

ユラとリュヤーに心配されるくらい、詩倫はぼろぼろと涙を流す。うれしくてうれしくてたまらない。

「ユラ、リュヤー、ありがとう。母様うれしくて。うれしいときにも涙出ちゃうんだ」

ありがとう、と詩倫は愛する二人の子どもを抱きしめる。

アルがそんな詩倫の背をやさしく撫でてくれていた。

山にうっすらと雪化粧がされたある日——。

詩倫とアルの婚礼の宴は盛大に行われた。

オッツォだけでなく、オッツォの兄弟やその息子たちも祝いの席に訪れてくれた。アルにとってはいとこたちだ。

「おめでとう。こんなに遠くに家族ができたなんて、うれしいことだよ」

「これからも末永く仲よくしていこう」

がっしりと握手を交わし、互いにハグをし合う。

もうよそ者ではない、トゥーリという誇り高い一族の出であったアルは立派なキリチュの民である。それをキリチュのみんなも喜び合った。

「ちょっとシリン、いらっしゃい！　すてきよ！」

オッツォが持参してくれた、キエロの嫁入り道具だったという布や絨毯はそれはそれはすばらしいものだった。トゥーリの一族の刺繍や織りが美しく繊細で、キリチュの女性たちはこぞって見に詩倫の家に訪れる。

ここはああでもない、こうでもないと言いながら、また染色の技術も目を瞠るもので、教えてもらいたいと話が盛り上がっている。ただやはり足りないものもあって、それはみんなが作ってくれたり、詩倫も小さなものはドーラたちに習って作ってみた。今日、料理の下に敷く敷物はそのひとつだ。幼い頃から布を扱ってきたここの女性たちと違って、詩倫が作ったものはやはり下手くそで、宴の席に出すのは恥ずかしかったのだが。

「いいのよ。そのうち上手くなるわ。それにこれもあなたの一部よ」

そう言ってみんなけっしてバカにすることはない。ありのままを受け止めてくれるドーラたちが大好きだと詩倫は思う。

アルと彼女たちがいたから詩倫はここで、この場所で、新たな一歩を踏み出すことができた。

「刺繍が下手だって、アルはあなたのこと愛していることに変わりないわよ」

さすがにその言葉には詩倫は顔を赤くするしかなかったけれど。

婚礼衣装はこれもオッツォがキエロが着たというものを持ってきてくれて、それを身に着ける。キリチュの婚礼衣装は黒地に金色の刺繍、金のビーズのものが多いのだが、トゥーリは違うらしい。北の国らしく白い衣裳に金糸銀糸、ふんだんに色とりどりのビーズが縫い取られている。

宴は何日か続くので、花婿が婚礼衣装を用意するのが慣わしでもあるため、アルからも何着もの婚礼衣装が贈られた。いまさら、と詩倫は言ったのだが、「だからこそ」とハーボに買いつけに行って贅沢な衣装を買ってきたのだ。

「かーさま、きれい」

「きえいねー」

ユラとリュヤーも新しい服に着替えてご機嫌だ。たくさんのごちそうにお菓子も並んでいるとあって、二人ともウキウキしている。それにすっかりオッツォのことが大好きになったらしく、オッツォとオッツォが連れてきた犬たちと遊んでいた。

アルも婚礼衣装に身を包んで、詩倫を待っていた。

彼も今日はトゥーリの衣装で詩倫の隣に座る。彼の美しい金色の髪が白い衣装に映えて惚《ほ》れ惚《ぼ》れするほどの美丈夫っぷりだった。改めてこんなきれいな人が自分の伴侶《はんりょ》だなんて、と新鮮な感動を覚える。

宴席ではあちこちで既に酒を酌み交わしており、本当に賑やかで楽しいものだった。

「おお！　このパンはとてもうまい！」

オッツォが詩倫の焼いたパンを大絶賛する。詩倫が焼いたのだと言うと、「ぜひトゥーリにも来て焼いてほしい」とものすごい勢いで説得される。

特に干しあんずで作ったジャムを入れた揚げドーナツや、豆の甘いペーストを入れた、あんパンもどきは持って帰りたいとべた褒めだった。

そしてなによりたくさんの人たちからの祝福。

「シリン、よかったわね。本当によかった……おめでとう」

ドーラなどは詩倫に抱きついて、滅多に見せない涙を流しながらたくさんのお祝いの言葉をくれた。

「ドーラありがとう。いつもドーラが助けてくれたから。これからもよろしくね」

「当たり前じゃない。今度は刺繍を特訓するわよ」

特訓、という言葉に苦笑しつつ、たくさんのものをくれた彼女に心から感謝する。

その様子を見ながらアルが隣でにこやかに笑っていた。彼もとても幸せそうに晴れやかな顔をしている。

「アル」

詩倫はアルに呼びかけ、彼の肩に頭をコツンとのせた。

「どうした？　疲れた？」

「ううん。疲れてないよ。……幸せだなって」

詩倫はアルに自分の気持ちを伝える。

「みんなアルのおかげだよ。あなたに出会わなかったら、僕は今頃生きていなかったかもしれない。愛する子どももいて、大好きだったパン作りもできて、あなたに愛されて……今、こうして幸せだって思えるのは全部あなたがくれたもののおかげだから」

運命の人に出会えたことで生まれ変わってよかったと心から思えた。

「俺もだ。シリンと出会って……家族もできたし、それにオッツォ——本当の家族とも出会えた。なによりキリチュのみんなとこうして笑って酒を酌み交わして、気持ちを通わせることができるようになったんだから。俺を幸せにしてくれたのはシリン……きみだよ」

アルはそう言って隣に座る詩倫の手をぎゅっと握る。ぬくもりが……アルのぬくもりがじんわりと詩倫に伝わってくる。それはとても温かくて幸せな温度で、泣きそうになってしまうほどだった。

「あのね、アル」

「なに？」

「春になったら、また一人家族が増えるんだ」

詩倫は自分のお腹に空いた手をあてがう。それを聞いてアルが飛び上がらんばかりの勢いで詩倫にぎゅっと抱きつき、そして何度もキスをする。

「ア、アル……！」

人前でキスをされて、顔を赤くする詩倫と、やんやと冷やかすように騒ぎ立てる者たち――そしてアルは「うれしいことだから」としれっともう一度詩倫の唇を奪う。

「とーさまとかーさま、なかよし」

「なかよしー」

子どもたちに言われ、またみんなで笑い合う。

いつまでも賑やかな宴会は続く。

雲ひとつない晴れ渡った空に、アルと詩倫を祝福するように白い美しい鳥がすっと飛んでいった。

# あとがき

こんにちは。淡路水です。このたびは「異世界転生して幸せのパン焼きました」をお手に取ってくださりありがとうございました。はじめての異世界ものです。そして食いしん坊の私、今度はパンを焼きました。後半はちびっこもワイワイして、ほんわかなお話です。

舞台のモデルは中央アジア。といっても特定の国はなく、あちこちの国々がごちゃまぜです。ずっと興味はあったのですが資料を読み込んでますますのめり込んでいます。

イラストは今回タカツキノボル先生にご担当いただきました。衣装などもすべてお任せして描いていただいたのですが、思い描いていたイメージそのものどころか、それ以上に美しく仕上げていただき、感謝しかありません。アルはカッコイイし、詩倫は清楚美人さんだし、ユラとリュヤーの可愛いことといったら……！　本当にありがとうございました。

最後に……Twitter @agua_dulce_09　にて、企画などを行うことがありますので、よろしければ覗いてくださいませ。

淡路 水

ラルーナ文庫

この本を読んでのご意見・ご感想・ファンレターなどお待ちしております。〒111−0036 東京都台東区松が谷1−4−6−303 株式会社シーラボ「ラルーナ文庫編集部」気付でお送りください。

本作品は書き下ろしです。

# 異《い》世《せ》界《かい》転《てん》生《せい》して幸《しあわ》せのパン焼《や》きました

2021年6月7日　第1刷発行

著　　　者｜淡路《あわじ》 水《すい》
装丁・DTP｜萩原 七唱
発　行　人｜曺 仁警
発　行　所｜株式会社 シーラボ
〒111-0036　東京都台東区松が谷 1-4-6-303
電 話　03-5830-3474／FAX　03-5830-3574
http://lalunabunko.com
発　売　元｜株式会社 三交社（共同出版社・流通責任出版社）
〒110-0016　東京都台東区台東 4-20-9　大仙柴田ビル 2 階
電 話　03-5826-4424／FAX　03-5826-4425
印 刷・製 本｜中央精版印刷株式会社

　ISBN978-4-8155-3258-1